KB253471

무림독서생 新무협 판타지 소설
FANTASTIC ORIENTAL HEROES

戰鬼

전귀

전귀 5

무림독서생 新무협 판타지 소설

초판 1쇄 찍은 날 § 2008년 7월 8일
초판 1쇄 펴낸 날 § 2008년 7월 18일

지은이 § 무림독서생
펴낸이 § 서경석

편집장 § 문혜영
편집책임 § 문정흠
편집 § 서지현

펴낸곳 § 도서출판 청어람
등록번호 § 제1081-1-89호
등록일자 § 1999. 5. 31
어람번호 § 제2-1532호

주소 § 경기도 부천시 원미구 심곡1동 350-1 남성B/D 3F (우) 420-011
전화 § 032-656-4452 팩스 § 032-656-4453
http://www.chungeoram.com
E-mail § eoram99@chollian.net

ⓒ 무림독서생, 2008

ISBN 978-89-251-1389-0 04810
ISBN 978-89-251-1216-9 (세트)

무림독서생 新무협 판타지 소설
FANTASTIC ORIENTAL HEROES

戰鬼
전귀

[완결]

5

[전귀]

도서출판 청어람

目次

第一章
한밤의 방문자

戰鬼
전귀

1

"황궁 내시부 시중 영탁… 맞나?"

어둠이 깔려 적막함을 풍기는 작은 침실.

턱 밑에 닿은 차가운 감촉에 잠에서 깬 궁영탁은 소스라치게 놀라고 말았다.

검은 옷을 입은 복면인이 날이 퍼렇게 오른 장도를 자신의 목에다 가져다 댄 채로 무심하게 내려다보고 있었다.

'누, 누구?'

이른 새벽의 쌀쌀함이 감도는 가운데 쇠붙이가 살갗에 닿는 느낌이 무척이나 차가웠던지 궁영탁은 정신이 번쩍 드는 것 같았다. 소리를 지르려 했지만 목소리가 나오지 않았다.

"아아, 애써 그렇게 놀라지 않아도 좋아. 그리고 아혈을 점 했으니까 목소리도 나오지 않을 거야. 다시 묻지. 황궁 내시 부의 시중 영탁… 그대가 맞나?"

말을 하고자 해도 목소리가 나오지 않는 경험은 궁영탁으 로서는 무척이나 생소한 경험이었다. 황궁 내시에 불과한 그 가 언제 무림인의 무공을 접해본 일이 있었을까? 아마도 살아 오면서 한 번도 없었을 것이다.

궁영탁은 무심한 눈으로 자신을 노려보는 복면인의 모습 에 겁에 질려 누운 채로 고개를 끄덕였다.

"그렇게 겁먹지 않아도 돼. 묻는 것에 대해서 사실대로 대 답해 준다면 굳이 목숨을 잃을 일은 없을 테니까. 들어보고 잘 고민해서 말하는 것이 좋을 거야. 그리고 혹시 잊어버린 사실이라면 어떻게든지 기억을 해내야 할 테고. 자, 그럼 시 작할까?"

끄덕끄덕.

"먼저 첫 번째 질문이다. 얼마 전 집을 하나 샀다고 하던 데… 사실인가?"

복면인의 질문에 궁영탁이 '어떻게 그걸?' 이라는 표정을 지었다. 자신이 집을 산 것은 사실이었다. 그것도 무척이나 거대한 장원이었다. 하지만 대리인을 내세워서 비밀리에 구 매한데다 북경으로부터 멀리 떨어진 길림 성도에 있는 장원 이었던 것이다.

"아아, 놀랄 필요는 없어. 그 정도를 조사하는 것쯤은 식은 죽 먹기니까 말이지. 그런데 황궁 내시가 국고를 빼돌리지도 않고 어떻게 그 정도의 돈을 마련할 수가 있지? 알아본 바로는 금자 오백 냥 정도의 호화로운 집이라던데⋯⋯."

궁영탁의 눈이 커다래졌다.

이미 복면인은 모든 것을 다 알고 있는 것 같았다.

"어디서 난 돈이지?"

복면인의 목소리가 싸늘하게 변했다. 궁영탁은 목울대로 마른침을 넘기며 긴장감으로 인해 등이 식은땀으로 축축하게 젖어갔다.

"내가 생각하기로는 꽤나 많은 돈을 받은 것 같은데 말이야. 영수궁에 들어가는 음식에 독을 넣은 대가로 받은 것인가?"

궁영탁은 고갯짓도 하지 못하고 크게 뜬 눈알을 좌우로 굴렸다. 복면인의 검이 궁영탁의 목젖을 지그시 눌러오면서 작은 핏방울이 맺히기 시작했다.

"이봐, 주의 사항을 제대로 듣지 못한 건가? 빨리 말하는 게 좋을 거야."

궁영탁은 세차게 고개를 흔들었다. 목소리를 낼 수 없는 지금 무어라 변명이라도 하고 싶었지만 말이 나오지 않았다. 그가 할 수 있는 것이라고는 자신의 죄를 은폐하기 위해서 고개를 흔드는 것밖에 없었다.

"아니라고? 설마, 그럴 리가? 절대 그럴 리가 없어. 넌 분명 공헌현비와 황태자의 죽음에 관계를 맺고 있을 거야. 그렇지 않고서 어떻게 일개 내시 주제에 그 정도의 돈을 마련할 수 있었겠어. 안 그래?"

마치 자신을 범인인 것처럼 몰아가는 복면인의 말에 궁영탁은 눈물이 날 것만 같았다. 자신이 아니라고 변명을 하고 싶은데 말도 할 수 없으니 가슴이 답답했다. 이러다가는 자신이 모든 것을 뒤집어쓸 판이 아닌가?

"왜? 뭔가 할 말이라도 있는 표정인데……."

복면인의 말이 떨어지기 무섭게 궁영탁이 연신 고개를 끄덕거렸다.

"좋아. 아혈을 풀어주지. 단, 소리는 지르지 않는 게 좋을 거야. 괜히 일을 귀찮게 만든다면 나 역시 당신을 살려둘 이유가 없게 되니까 말이야."

끄덕끄덕.

고개를 끄덕이는 동안 궁영탁은 옆구리에서 뜨끔 하는 아픔을 느꼈고, 목줄기를 막고 있던 무언가가 뚫리는 듯한 기분이 들었다.

"소의 이씨요, 소의 이씨. 나는 단지 배달만 해준 것뿐이오. 모든 것은 소의 이씨가 꾸민 일이오. 나는 그냥 소의 이씨가 주는 대로만 받아서 넘긴 것뿐이오."

아혈이 풀리자마자 궁영탁은 복면인에게 악을 쓰면서 말

했다.

'응? 소의 이씨라면? 그렇군. 주고희의 생모군.'

거품을 물고 자신의 무고함을 외치는 궁영탁의 모습은 어떻게든지 살아보려는 발악처럼 느껴졌다.

"그렇군. 하지만… 너도 알고 있었을 테지? 소의 이씨가 무슨 짓을 하고 있는지."

"그, 그건!"

궁영탁은 항변할 말을 찾지 못했다.

"휴우, 나도 살려주고 싶은데 말이야… 윗분의 진노가 너무 크서서 말이지. 괜히 당신을 살려뒀다가 그 사건과 관계된 다른 이들이 알아채면 안 되지 않겠어?"

"그런… 말이! 약속이 틀리지 않소!"

"약속? 무슨 약속? 아직 잘 모르는 모양이네. 난 원래 사기술의 달인이라고."

복면인이 자신의 얼굴을 막고 있던 천 조각을 벗어내면서 하얗게 웃었다. 너무도 잔인하게 보이는 미소에 궁영탁은 기겁을 하면서 침실을 뛰쳐나가려 했다.

슛!

막 궁영탁이 방문을 열려는 찰나, 새하얀 백광이 그의 목을 스치고 지나갔다.

"그럼 쓰나, 괜히 귀찮아지게시리 말이야."

칼날에 묻은 미세한 핏방울을 털어내고 칼집에 집어넣은

복면인은 마치 처음부터 아무 일도 없었던 것처럼 어둠 속으로 사라졌다.

푸학!

잠시 동안 시간이 정지한 듯 멈추어진 궁영탁의 목에서 시뻘건 피가 뿜어지듯 솟구치면서 머리가 바닥으로 떨어져 내렸다.

2

어둠이 내리깔리고 풀벌레 소리가 귓가에 들려올 정도로 고요함을 가지고 있던 시각.

거리를 가득 메우고 있던 어둠의 일부가 뜯겨져 나가더니 조용히 커다란 담벼락을 넘었다.

검은색 천으로 온몸을 칭칭 동여맨 듯한 모습의 인영이었다.

담을 넘은 복면인은 담벼락 근처의 나무에 몸을 숨긴 채 날카로운 눈빛으로 좌우를 살피면서 주변을 경계한 뒤 아무런 인기척이 없음을 확인하고는 나무에서 내려왔다.

슥.

지면에 발을 대는 순간 무언가 자신의 신경을 거슬러오는 느낌에 몸을 멈춘 채 발밑을 유심히 살폈다.

검은색의 실이 어둠에 가려진 채 정원의 풀들 사이로 거미

줄처럼 쳐져 있었다.

'후우, 과연 대장군부라는 것인가?

그랬다.

복면인이 담을 넘은 곳은 당금 명나라 군부의 양대 세력이라 불리는 두 곳 중 하나인 우군대도독부였다.

좌군대도독 황엄이 주첨기의 심복으로서 자리하면서 군부의 핵심이 되자 권력에서 약간 밀려나 있는 우군대도독부였지만, 여전히 그 위세는 하늘의 새마저도 떨어뜨릴 정도였다.

외부의 경계망을 뚫고 어렵사리 도착한 정원이었는 데도 불구하고 그곳에는 알아채지 못할 정도로 많은 경계망이 설치되어 있었다.

'이거참, 황궁보다 더 접근하기 어렵구만. 건물까지의 거리는 십여 장 정도인가? 그럼 어쩔 수 없이 조금 힘을 써볼까?

복면인은 바닥에 쳐진 검은색의 실들을 보고 있다가 천천히 몸을 일으키고는 자신의 앞쪽에 보이는 건물로 몸을 날렸다.

쉭! 쉭!

풀을 밟고 달리고 있음에도 경계를 위해 쳐놓은 검은 실에서는 어떠한 소리도 나지 않았다.

한 번에 이 장여를 도약하면서 뛰어나가는 그는 검은 실에 닿지 않도록 풀잎을 밟고 달리고 있었다.

탁.

정원을 지나 건물을 밟으면서 작은 소음이 일었다.

복면인은 미세한 소음에도 긴장감을 유지한 채 누가 듣지는 않았는지 좌우를 살피고는 곧 전각 안으로 사라졌다.

* * *

"아직 살아 있단 말이네."

은은한 분노가 깔린 늙은 장수의 목소리

"그렇습니다. 무척이나 아까운 일이지요."

단정한 의복을 입은 늙은 장수와 마주 앉은 청년이 담담하게 말했다.

"아까운 정도가 아닐세. 소룡이 죽지 않으면 거사를 일으킬 수 없네. 더구나 그의 곁에는 어림군은 둘째 치더라도 황엄 그자가 함께 있네. 그가 움직이면 군부의 모든 장수들이 움직일 걸세."

늙은 장수는 난색을 표하면서 침음성을 삼켰다.

그는 당금 명나라의 우군대도독인 양위강이라는 자였다. 영락제 시절부터 군부의 핵심 인물로 좌군대도독 황엄과 함께 군의 모든 것을 장악하고 있는 자였다.

"일단은 저희 쪽에서 작은 분란을 만들겠습니다. 도독께서는 내색하지 않고 계시다가 내성의 문을 열어주시기만 하면

됩니다."

"으음……."

무엇을 말하고 있는 것일까? 내성의 문이라 하면 당연히 자금성의 오문을 지나 태화전으로 가는 문을 말함이다.

"가능하겠는가? 내 말은 작은 분란으로 황엄 그자와 군부의 장수들의 눈을 돌릴 수 있는가를 묻는 것일세."

양위강이 의구심이 가득한 표정을 지으며 물었다.

"걱정 마십시오. 아마도 모두 정신이 없어질 테니까요."

청년은 희미한 미소를 띠면서 웃었다.

"어떤 일을?"

"낙양에 웅크린 호랑이를 움직일 생각입니다."

"뭐, 뭐라고?"

양위강은 깜짝 놀라고 말았다. 낙양에 웅크린 호랑이라고 하면, 지난 반란 사건으로 황명에 의해 낙양에 유폐된 한왕 주고후를 말함이 아닌가?

"설마, 한왕을 움직일 생각이란 말인가!"

"목소리가 너무 큽니다, 장군."

꿀꺽하고 침이 넘어갔다. 한왕이 다시 움직인다면 황엄과 군부의 수뇌부들이 대응책을 마련하지 않을 수가 없으리라. 아무리 폐위당한 채 낙양에 유폐되어 있다고 하더라도 한왕이 가진 영향력은 엄청난 것이었고, 그에 대한 충성심이 남아 있는 자들도 상당하였다. 더구나 자신의 앞에 앉아 있는 자는 무림인이었다, 그것도 그 규모를 알 수 없을 만큼 엄청난 크기를 가진 세력의. 뿐만 아니라 처음 그가 찾아와 말했던 대로 중원무림의 세력 판도가 뒤바뀌고 있었고, 그 모든 일에 그들이 개입되어 있는 듯했다.

"하지만 한왕을 움직이게 된다면 최악의 경우 우리가 제위에 앉히려는 주고희의 등극도 불투명해질 수 있네. 알고 있는가?"

"후후, 걱정 마십시오. 그럴 일은 없습니다."

청년은 표정 하나 바뀌지 않고 나지막하게 말했고, 양위강은 그런 엄청난 계획을 작은 분란 정도로 생각하는 모습에 놀라움을 금치 못했다.

"어쨌든 소룡을 암살한……."

"쉿!"

갑자기 청년이 입가에 손가락을 가져다 댄 채 양위강의 말을 막았다.

"누구냐!"

핏!

잠시 눈을 가늘게 뜬 청년이 주위를 살피다가 좌수를 뿌렸다.

"큭!"

문밖에서 들려오는 숨이 넘어가는 듯한 음성.

청년은 문을 박차듯이 열고 나왔다. 문밖에는 한 명의 시비

가 쟁반을 들고 바들바들 떨고 있었고, 또 한 명의 시녀가 목
에 붉은색의 대침이 박힌 채 절명해 있었다.

"요, 용서를……."

시녀는 두려움에 질려 꿇어앉아 머리를 박고 사죄를 구했
다.

"쳇, 시비 년들이었군."

문밖에서 느껴진 인기척이 장군가의 시비인 것을 알고는
청년이 짜증스러운 듯이 말했다.

시녀의 목숨 따위는 아무래도 좋았다. 그들이 이야기하고
있는 사실은 누구도 들어서는 안 되는 이야기였기 때문이다.

"양 장군님, 저는 이만 돌아가 보겠습니다."

청년은 시비들에게서 눈을 떼고 양위강에게 인사를 했다.

"그, 그리하겠는가? 알겠네."

양위강은 청년의 인사를 받으면서 대답을 했다.

"절대 잊지 마십시오. 낙양에서 호랑이가 일어나면 반드시
주첨기의 목을 베어내셔야 합니다. 그리고… 배신하려는 생
각은 절대 하지 마시길."

청년은 양위강을 위협하듯 살기 어린 미소를 지으면서 어
둠과 동화되듯 사라져 버렸다.

"휴우, 다행이군. 자칫하다가는 들킬 뻔했다."

청년이 돌아가고 시녀의 시체를 옮기느라 분주해진 틈을

타 장군가에서 빠져나와 으슥한 골목으로 몸을 피한 복면인은 안도의 한숨을 내쉬었다.

"그나저나 이거 일이 꽤나 큰걸? 현비 마마의 죽음에 너무 많은 것이 연계되어 있잖아? 자칫 잘못하면 황궁 전체를 갈아엎어야 할지도 모르겠는걸? 일단 돌아가서 보고부터 해야겠군."

복면인은 천천히 흑의 야행복을 벗어 자신의 품속에 집어넣고는 발걸음을 재촉했다.

3

무림의 변화는 무척이나 빠르게 찾아왔다.

중원혈겁이라는 이름으로 불리기 시작한 새로운 바람은 중원무림 자체를 뒤흔들어 놓았다.

아미파, 청성파, 곤륜파, 점창파가 연이어 무너지면서 타격을 입은 무림맹은 예전의 강대했던 정도무림 지주의 위치에서 이제 그 이름마저도 유명무실해진 단체가 되어버렸다. 각 문파에 소속되어 있던 수많은 무인과 속가제자들은 저마다 자신의 이득을 찾아 뿔뿔이 흩어졌으며, 수많은 낭인 무사들이 생겨나기 시작했다. 강대했던 구파일방은 더 이상 그들의 든든한 방패막이 되어주지 못했기 때문이다. 어느새 무림맹은 역사의 뒤안길로 사라지고, 사람들의 기억에서 사라지기 시작했던 것이다.

하북언가를 중심으로 뭉쳐 있던 패도련은 중원혈겁 이후 독곡과의 싸움에서 패한 뒤 그 조직 자체가 와해되어 버렸다.

절대독강을 가지고 있던 마독은 겁없이 공격해 오던 패도련의 무인들을 향해 무자비한 공격을 가했다. 패도련이 가진 힘으로는 마독이 이끄는 오십여 명의 독인을 막아낼 수가 없었다.

결국 패도련과 함께한 수천여 명의 무인이 목숨을 잃었고, 패도련을 이끌던 하북언가의 가주이자 패도련주 언가풍의 행적이 묘연해져 버렸다.

혹자는 그가 죽었을 것이라는 말했고, 혹자는 독지에 잡혀갔을 것이라 말했지만 어느 곳에서도 그의 흔적은 남아 있질 않았다.

패도련의 중심이었던 하북언가의 터는 불타 버린 거대한 장원과 뽑혀 나온 주춧돌만이 잠시나마 화려했던 영광을 느낄 수 있게 해주었고, 현재는 차가운 바람에 재만이 흩날리는 귀기 어린 흉가가 되어버렸다.

독곡과 패도련의 싸움 이후 대주 '표'를 비롯하여 혈사검대를 잃은 흑룡성주 두원은 환락정의 복수를 하기 위해 운남을 공격해 들어갔다.

패도련과의 싸움으로 많은 피해를 입은 독곡은 흑룡성의 상대가 될 수 없었다. 흑룡성은 천잔도 두원을 선두로 하여

파죽지세로 독곡을 밀어버렸고, 불과 열흘 만에 독지가 무너졌다. 하지만 독곡주 마독은 중원오걸 중 하나였다. 그는 흑룡성주와 맞붙어 무려 삼 일 동안이나 싸우고 나서야 그 목이 떨어졌다. 후에 밝혀진 사실이지만, 독곡주인 마독이 죽으면서 그의 몸에서 나온 엄청난 독기에 거의 산 하나가 새로운 독지로 되어버렸다고 했다.

흑룡성주 두원은 마독과의 싸움에서 극심한 상처를 입고 물러났다.

여하튼 독곡과의 싸움에서 피해를 입은 흑룡성주는 자신을 따라나선 비사문의 황태진에게 성주 위를 넘기고 난 뒤 종적이 묘연해졌다.

중원혈겁에 관계가 없던 곳은 북해빙궁과 오대세가의 연합인 오가회, 그리고 마교까지 단 세 곳뿐이었다. 그중 마교는 중원혈겁이 일어나 중원무림에 수많은 세력이 무너지고, 쓰러졌음에도 별다른 반응을 보이지 않고 신강에 웅크리고 있었다.

오가회는 새로운 회주인 남궁세가의 검협 남궁가휘를 중심으로 북해빙궁과 연합 세력을 형성해 중원혈겁에 대비했다.

혈교는 중원혈겁이 일어나는 혼란을 틈타 그 세를 불리기 시작해 청해성과 사천성 일대까지 영역을 넓혔고, 흑룡성주가 된 황태진은 운남 지역을 순식간에 점거해 버렸다.

4

“수고했다, 청연.”

건장한 체구를 가진 금포의 노인은 얼굴에 웃음을 가득 띠고는 자신의 앞에 앉은 혈교주 청연에게 공치사를 했다.

“과찬이십니다, 련주님. 련주님의 하해와도 같은 은혜에 비하면 아직 멀었습니다.”

금포노인을 향해 고개를 숙여 겸양을 표하는 청연의 얼굴은 그의 말투와는 달리 그다지 밝지 못했다.

“아니야. 네가 있었기에 이렇게 빨리 중원무림을 점령할 수 있었다. 충분히 자랑해도 될 일이지.”

금포노인은 청연의 어깨를 두드려 주었다.

“아직 멀었습니다. 아직 천하의 반밖에 얻지 못했습니다.”

청연의 말은 금포노인의 기분을 더욱 흡족하게 했다.

“좋아, 좋아. 그런데, 독강시들에 대한 오류가 발견되었다고?”

“예, 련주님. 이제까지 성공한 독강시의 수는 총 육십네 구. 그중 지난번 사천과 운남, 청해성에서 사용한 수가 사십여 구였습니다. 전투 중에 파괴된 것이 이십여 구였고, 나머지 이십여 구는 독강시의 육체로 사용했던 시신이 혈화독을 이기지 못하고 임무 이후에 복귀하던 중 자멸했습니다. 최대로 오랜 시간 버텨낸 것이 이틀 정도입니다."

청연은 담담하게 보고를 했다.

"그렇군. 독에 대한 내성이 없는 육체로는 혈화독의 독성이나 부패를 이길 수는 없었겠지. 그런데 전투 중에 파괴된 것이 이십여 구라고?"

"그렇습니다. 지난 청성파에서 건곤검선에게 당한 것이 무려 아홉 구였고, 기타 아미파 공격 시 세 구, 곤륜파 공격 시 다섯 구, 흑룡성의 혈사검대가 교의 본산으로 침투했을 당시 추가로 세 구가 파괴되었습니다."

"흐흠… 과연 무림오걸이란 말인가?"

"예, 건곤검선은 검강이나 검기로 베어내지 못하자 무슨 방법을 사용했는지는 모르지만, 독강시들을 완전히 짜부라뜨려 놓았습니다."

"그 강한 독강시를 짜부라뜨릴 정도라… 대단하군. 그의 시체는 어떻게 처리했나?"

"현재 그의 시체는 혈사검대의 일부와 더불어 독강시로 사용하기 위해 제조 중에 있습니다. 한데 건곤검선은 원래부터 선도를 추구하던 자라서 그런지 시침술로 마기를 이끌어내기가 쉽지가 않습니다."

"괜찮아. 어차피 나타와 너의 임무는 중원무림을 자멸하게 만드는 것, 굳이 그따위 무림 세력에 연연하지 마라. 그리고, 마교는 어차피 나라가 바뀌는 것에는 무신경한 놈들이니 그다지 신경 쓸 필요가 없을 터이고, 너는 계속 시체를 모아 독 강시를 만들고, 나머지 무림문파를 공격해라. 뒤는 나타가 도 울 것이다. 귀원의 세상이 되는 그날이 되면 너는 지고한 위 치에서 세상을 내려다볼 수 있게 될 것이다.”

“명심하겠습니다, 련주님.”

금포노인을 향해 담담하게 말하며 고개를 숙이는 청연이 었지만, 그의 마음속에 간직한 생각은 달랐다.

‘멍청한 놈들, 죽을 때까지 네놈들에게 충성을 하란 말이 군. 네놈들이 말하는 귀원의 세상이 되어봐야 나는 너희들의 수족으로 살아야 할 뿐이지. 하지만 나는 용의 꼬리 대신에 뱀의 머리를 택하겠다. 기다려라. 귀혼대가 완성되는 순간 네 놈의 목을 친히 베어주마.’

第二章

혈화독

戰鬼
전귀

1

황궁의 함복궁.

공헌현비와 주첨기가 의문의 독살을 당한 뒤부터 장영은 생전 공헌현비의 거처였던 함복궁에 머무르고 있었다. 직위 상으로 동창의 최고 관직인 내위진무사의 직함을 가진데다가 공헌현비의 조카뻘인지라 별다른 제재를 받지는 않았다.

장영은 아직 제를 올리지 않은 공헌현비의 시신을 그녀의 침실에 모셔둔 채로 독살 사건에 대한 조사를 하고 있었다. 함복궁의 내실에는 사마수동을 비롯한 멸마단 이대의 무사들과 동창과 금의위의 수장들이 모여 있었다.

"소의 이씨가 아마도 이번 일의 주모자인 것 같습니다."

한백이 장영에게 말했다.

"또한 지난밤에 대장군부를 침투했던 녹산이의 말로는 우군대도독인 양위강 장군도 이번 일과 관련이 되어 있는 것 같답니다."

"설마! 그것이 사실이란 말이오?"

사마수동의 말에 동창의 무인인 부판교가 경악성을 내뱉었다.

"예. 사실입니다. 지난밤 출신이 밝혀지지 않은 인물이 대장군부를 방문했던 사실이 있었습니다. 또한 그들은 모종의 음모를 꾸미고 있는 것 같았습니다. 아마도 아직 숨이 붙어 있는 황태자의 암살에 관련된 이야기인 것 같았습니다. 이야기의 중간부터 들어서 모든 내용을 파악할 수는 없었지만, 낙양의 한왕을 이번 일에 이용할 생각인 것 같았습니다."

"그… 그런!"

"그렇다면 어서 잡아들여야 하지 않겠습니까? 대인! 양위강 장군이 일을 꾸몄다면 보통 큰일이 아닙니다. 일단 좌도독께 이 일을 고하고 대책을 마련하는 것이……."

부판교의 말에 장영은 대답하지 않고, 품속에서 일전에 주첨기에게 받았던 패를 꺼내서 탁자 위에 내려놓았다.

"그전에 하나 묻지. 내가 가지고 있는 이 두 개의 패가 가진 힘이 얼마나 되지?"

자그마한 금패와 옥패.

부판교는 장영이 내려놓은 패를 보고는 설명했다.

"대인이 가지고 계신 패는 황룡금패와 진무패입니다. 먼저 옥으로 만들어진 진무패는 대인의 신분을 증명하는 패라 할 수 있습니다. 그 패가 증명하는 신분은 알고 계신 것처럼 내위진무사를 뜻하는 패. 즉, 황궁내시부 시중의 통제를 받는 동창이나 도독부의 통제를 받는 금의위와는 달리 황제의 명령에만 움직이는 자를 말합니다. 또한 내위진무사는 대명의 힘이 미치는 곳이라면 어떤 곳이라도 감찰할 수 있고, 황제를 제외한 어떠한 인물도 황제령으로 조사할 수가 있습니다. 물론 그 대상에는 동창과 금의위도 포함됩니다. 뿐만 아니라 진무패가 발령되었을 때는 동창과 금의위의 관원들에 대한 모든 명령권을 가지게 됩니다. 다음으로 황룡금패는 황가의 인물들과 개국공신들에게만 주어지는 것으로, 나라에서 운영하는 모든 전장에서 금으로 오백 냥까지 꺼내 사용할 수 있고, 별도의 면책권을 가지고 있습니다."

"그렇군."

부판교의 설명에 장영이 고개를 끄덕였다.

"그렇다면 소의 이씨나 양위강이라는 자도 별도의 절차 없이 조사할 수 있다는 말이군."

"그… 그렇습니다."

"또한 당신들에 대한 명령권은 내가 가지고 있는 것이고 말이지."

“예.”

“그럼 좋아. 명령을 내리지.”

장영이 주위에 모인 이들을 향해 말했다.

“동창의 모든 관원은 열 명씩을 한 조로 하여 지금부터 황궁에서 일어났던 모든 일을 조사한다. 독살 사건이 일어나기 한 달 전부터 소의 이씨의 행적을 조사해서 보고해라. 누구를 만났는지, 어떤 것을 구매했고, 무엇을 먹었는지 하나도 빼먹지 말고 조사해서 보고해라.”

“존명!”

부판교가 허리를 숙이면서 포권했다.

“그리고 수동, 지금부터 낙양으로 출발해라. 성욱과 적환, 동창 무인 스물을 데려가라. 앞으로 동창에 일어나는 모든 일들을 하나도 빠짐없이 보고해라. 낙양성주의 협조를 받아도 좋다. 아마도 그건 파견되는 동창 무인들이 알아서 해주겠지. 또 한 가지, 낙양 일대의 무림인들에 대해서도 조사를 부탁한다. 그리고 은밀하게 한왕을 감시해라. 누가 접근하는지, 무슨 말을 나누는지도 알아와라.”

“알겠습니다.”

“그리고 금의위는 이 시각부터 황제를 제외한 모든 인물에 대해 영수궁 출입에 대해 통제한다. 주첨기와 가장 가까웠던 황엄 장군 역시 허가를 받지 않고는 들어갈 수 없다. 모든 승인은 내가 한다. 지금부터는 경계를 두 배로 늘리고, 이교대로 영수궁을 호위한다. 곤녕궁(황제의 침소)에 대한 경계를 제외한 모든 금의위는 영수궁에 배치될 수 있도록 하라. 또 마연과 우천, 녹산은 영수궁의 지붕을 지키고, 학기는 주첨기의 곁을 지켜라.”

“존명.”

“알겠습니다.”

“마로.”

“예, 대주.”

“현비 마마와 주첨기에게 사용된 독의 종류를 알아내라. 단, 현비 마마의 시신을 상하게 해서는 안 된다.”

“알겠습니다.”

장영은 일사천리로 지시를 내렸다.

“그런데 대인, 소의 이씨를 심문하는 것이 쉽지 않겠습니까?”

부판교가 의문을 가지고 물었다.

“아니, 소의 이씨는 그대로 둔다. 잘못하다가는 그녀와 연결된 모든 연결 고리들이 끊어질 수도 있다. 일단은 소의 이씨가 안심할 수 있도록 당시 음식을 가져온 시녀를 몰아붙여서 사건을 종결하는 것처럼 보이도록 하지.”

“알겠습니다.”

“그럼 좋은 소식을 기다리지.”

을지마로를 제외하고 내실에 모여 있던 모든 사람들이 장영에게 인사를 하고 나갔다.

"기다려라. 네놈이 누구인지, 어떤 목적을 가지고 있는지는 모르지만 반드시 땅을 치며 후회하게 해주마."

장영은 스산하게 웃었다.

2

같은 시각 영수궁.

공헌현비와 함께 독살당한 주첨기가 의식을 회복하지 못한 채 누워 있었다. 독에 당한 주첨기는 정신을 잃고 쓰러진 이후 시급히 치료를 하여 다행히 목숨을 건질 수는 있었지만, 순식간에 퍼져 버린 독이 아직 체내에 남아 그를 괴롭히고 있었다.

다행히 황의가 침으로 독이 퍼지는 것을 막아두었지만, 임시방편일 뿐, 갈 곳 없이 모여 있는 독이 언제 폭주할지 몰랐다. 황의는 통상 병이나 상처 등에 관련해서는 해박한 지식을 가지고 있었고, 독에 관해서는 일반적으로 암살에 사용되는 비소 같은 것에 대한 지식만 있을 뿐, 용독술에 대해서는 그다지 뛰어난 지식을 가지고 있지 않았다.

결국 전 중원을 백방으로 수소문하여 운남성 근처에 용독술이 뛰어난 의원이 살고 있다는 것을 알고 파발을 띄우기는 했으나 북경에서 운남까지는 수천 리가 넘는 거리였다. 급히 달려와도 달포(15일)는 걸리는 거리인 것이다. 하지만 황태자 주첨기가 그때까지 살아 있는다는 보장도 없었다.

황의 조규척은 좌불안석이었다. 연일 황제가 찾아와 태자의 상태를 보고 인상을 찌푸리며 돌아갔고, 대신들과 황엄이 찾아와 자신의 무능함에 욕지거리를 해대는 통에 금세라도 도망치고 싶었다.

"하아… 어찌한단 말인가? 태자 저하의 상태는 더욱 위중해져만 가거늘……."

자신의 앞에 누워 있는 황태자의 얼굴에 검은 반점이 생겨나고 있었다. 이미 독의 기운이 조금씩 퍼지고 있다는 증거였다. 하지만 아직 태자의 몸에 퍼진 독에 대해서는 알 수가 없었다.

*　　　*　　　*

"대주, 아무래도 황태자에게 가보아야 할 것 같습니다."

"응?"

을지마로는 공헌현비의 곁에서 좌정한 채 가만히 눈을 감고 있는 장영을 불렀다.

"현비 마마의 시신에 남은 독은 아무래도 혈화독인 것 같습니다."

"혈화독?"

"그렇습니다. 혈화독입니다."

을지마로는 확신하고 있었다. 수십여 번이나 자신이 생각이 틀릴지도 모른다고 생각하며 수도 없이 재검진을 해보았다. 죽은 지 칠 일 정도가 지나도록 시신에서 썩은 내가 나질 않았고, 몸의 여러 곳에서 검버섯과 같은 검은 반점이 점차 커져서 온몸을 뒤덮고 있었다. 혹시나 하는 마음에 황궁 서고를 뒤져 의서들을 찾아보았지만, 혈화독이라는 확신만 강해졌다.

"그게 무엇이냐?"

"혈화독은 바로 이것입니다."

을지마로가 자신의 독주머니에서 작은 포낭을 꺼내 조심스럽게 열었다. 붉은색의 빛깔이 무척이나 고운 가루가 손톱 크기만큼 쌓여 있었다.

"이 독은 오로지 사막의 모래전갈을 통해서만 구할 수 있습니다. 붉은 모래전갈은 그 독주머니가 있는 꼬리에 극독을 모아 사용하는데, 한번 물리면 불에 타는 듯한 고통을 느끼면서 죽어간다 하여 혈화독이라는 이름이 붙게 되었습니다. 혈화독에 중독당하면 온몸에 핏기가 가시고, 이렇게 핏기가 남지 않은 곳이 시커멓게 타 들어가는 것이지요."

장영은 을지마로의 설명에 어금니를 지그시 깨물었다.

'그렇게 고통스럽게 돌아가신 것인가……'

장영의 눈이 새파랗게 빛났다. 혈화독에 중독되어 고통스럽게 죽었을 공헌현비를 생각하니 암살을 했다는 소의 이씨에 대한 분노가 끓어올라 당장이라도 목줄기를 뽑아버리고 싶었다. 하지만 분명 그녀만이 아닐 것이다. 분명 돕는 자가 있으리라. 그를 찾으려면 지금은 참아야만 했다.

"그런데 이 독을 어떻게 구했을까요? 붉은 모래전갈이 원체 위험한 녀석이라 웬만한 독에 대한 지식으로는 구했어도 제조하기가 어려웠을 텐데요."

을지마로는 자신의 손바닥 위에 놓인 혈화독을 보면서 고개를 갸웃거렸다.

"그만큼 우리가 찾으려는 놈은 한둘이 아니라는 소리겠지."

으드득!

"하여튼 어서 황태자에게 가보아야 할 것 같습니다."

을지마로의 안색이 굳어졌다.

"아마도 황궁에 이만한 용독술을 가진 이는 없을 것입니다. 황의라 하더라도 침술로 독의 효과를 지연시키는 데 불과한 정도. 이미 칠 일이 지났으니 독을 막아두었던 침도 녹아 없어질 시기입니다."

"해독할 수 있겠느냐?"

장영이 나직하게 물었다.

"아마도 가능성은 있습니다. 하지만 그것이 정확한지는 한 번도 시도해 본 적이 없어서 잘 모르겠습니다."

을지마로는 침중한 안색으로 장영을 바라보았다.

"자신있느냐?"

"예?"

"너 자신의 생각을 믿느냐 하는 것을 묻는 것이다."

"음… 노력해 보겠습니다."

"……."

장영은 조금 자신없는 목소리로 대답하는 을지마로를 지그시 쳐다보았다.

"좋다. 네 말이니 믿겠다. 가자."

마음속에 결정을 내린 장영은 거침이 없었다.

*　　　*　　　*

"이자는 내가 데리고 있는 의원 을지마로라 한다. 그는 천하에서 용독술에 관해서는 최고일 것이다."

장영은 황의에게 을지마로를 소개했다.

"하지만 장 대인, 황태자 저하의 몸이오. 확실하게 검증되지 않은 야인과도 같은 자에게 몸을 맡길 수는 없소."

장영의 소개에도 불구하고 황의는 고개를 저으면서 완강하게 버텼다.

"어쩔 수 없군. 금의위는 들어라."

너무도 완고하게 버티는 황의로 인해 치료를 하지 못하게 되자 장영이 영수궁을 지키고 있던 금의 무사들을 불렀다.

"지금부터 나와 이 의원을 제외한 모든 이를 영수궁 밖으로 내보내라. 또한 내가 부를 때까지는 모든 이의 출입을 금한다."

"존명!"

금의위는 장영의 지시에 따라 황의와 의원들을 영수궁 밖으로 강제로 끌고 나갔다.

"이보시오, 장 대인. 그래서는 안 되오. 함부로 외인으로 하여금 태자 저하의 용체를 돌보게 할 수는 없는 것이오. 제발 그만두시오."

장영은 금의위에 의해 궁 밖으로 밀려 나가는 황의의 말을 무시한 채 을지마로에게 주첨기의 몸을 살피도록 했다.

을지마로의 시술이 시작되었다.

일단 덮고 있던 이불을 걷어내고 주첨기의 몸을 실오라기 하나 걸치지 않은 몸으로 만들었다. 그의 알몸에는 군데군데 검버섯이 생겨나 있었다.

"으음……."

장영은 가만히 을지마로가 시술하는 모습을 지켜보기만 했다.

을지마로는 품속에서 장영에게 보여주었던 혈화독과 작은 자기병과 의원용 소도(小刀:작은 칼)를 꺼냈다.

자기병의 뚜껑을 열자 진한 독향이 퍼져 나왔고, 그런 지독할 정도로 강한 독기에 장영과 을지마로가 인상을 찡그렸다.
을지마로는 가늘게 뜬 눈으로 주첨기의 몸을 바라보다가 그
의 몸에 박혀 있던 시침용 금침을 하나씩 뽑아내고 자신이 준
비해 온 흑색의 침을 꽂아 넣었다.

"뭐라 했나!"
장영과 을지마로가 시술하고 있는 영수궁의 밖에서 고함
성이 들렸다.
"아무도 들이지 말라 하셨습니다."
누군가를 막는 듯한 금의위는 완강하게 출입을 막고 있는
듯했다.
"이놈들이! 네놈들 눈에는 내가 누군지 보이지 않는단 말
이냐!"
장영은 밖에서 들려오는 소리에 인상을 찡그렸다.
"꼬장꼬장한 영감이군……."
벌컥!
영수궁의 내실 문이 부서지듯이 열리고, 좌도독인 황엄 장
군이 금의위의 손을 뿌리치면서 들어왔다. 내실로 들어온 그
는 방 안에서 느껴지는 엄청난 독향에 코를 쥐어 잡으면서 인
상을 찡그렸다.
주첨기의 몸은 완전히 벗겨져 있었고, 아무렇게나 머리를
풀어헤친 야인 같은 놈이 그의 몸 위에 시술을 하고 있는 모

습이 보였다. 황엄이 보기에도 을지마로는 의원이 아닌 어디 못된 짓이나 하는 주술사나 삼류무인처럼 보였다. 창백한 피부하며, 퀭한 눈에 짙은 기미까지 전혀 신뢰가 가지 않는 외모였다.

"이노옴! 감히 저하의 용태에 지금 무슨 짓을 하는 게냐!"

분기탱천한 황엄이 칼을 뽑아 들 듯한 기세로 을지마로에게 소리쳤다. 하지만 그에게 다가가려던 움직임은 금방이라도 베어낼 듯한 장영의 살기에 멈추어지고 말았다.

"영감, 지금은 시술 중이다. 더 이상 다가선다면 용서하지 않겠다."

장영이 무표정한 얼굴을 하고 황엄을 노려보고 있었다.

"네… 네놈… 네놈이 지금 무슨 짓을 하고 있는 것이더냐!"

"죽어가는 주첨기를 살리는 중이다."

"뭐, 뭐라고? 저따위 의원 같지도 않은 자로 태자 저하를 살리고 있다고?"

"보이는 것이 전부는 아닌 법이지."

장영이 나직한 목소리로 말을 했다. 황의는 을지마로의 시술을 바라보고 있다가 주첨기의 몸에 흑색의 침이 꽂혀 있음을 발견하고 대경실색하면서 외쳤다.

"아… 아니! 자오침을? 지금 무엇 하는 짓이오! 독에 당한 자에게 독성이 강한 자오침을 쓰다니!"

"뭐?"

　황의의 말에 황엄의 고개가 홱 돌아갔다.

　자오침이란 흑색 자철을 깎아 만든 작은 침으로, 철 자체에 함유된 독성이 제법 강한 침이었다. 통상 자오침은 시술용 침으로 쓰기도 하지만 그 무게가 무겁고, 강도가 뛰어나며 침 스스로가 자기를 가지고 있었기 때문에 무림인이나 관부 무인들이 암기로 사용하는 침이었다.

　"멈춰라! 이놈! 더 이상 보고 있지만은 않겠다."

　황엄이 자오침이라는 말을 듣고는 칼을 뽑자 그를 뒤따라 들어왔던 모든 무장들이 칼을 뽑아 금의위와 장영을 겨누었다.

　"멍청한 놈들."

　"비켜라, 장영. 네놈이 태자 저하와 현비 마마의 총애를 받았다 해도 더 이상은 전하의 용체에 해가 되는 행동을 하는 것을 묵과하지 않겠다. 어서 저 야인 같은 자의 시술을 멈추게 하지 못할까!"

　황엄의 서릿발같은 기세에도 장영은 무덤덤하기만 했다.

　"혈화독이라 했다."

　"뭐? 뭐라고?"

　"그가 말했다. 현비 마마와 첩기가 당한 독은 혈화독이라고. 황의는 독의 종류조차 몰랐겠지."

　"……."

　장영의 말에 모두가 고개를 돌려 황의를 바라보았지만, 황의는 멀뚱히 침묵을 지킬 뿐이었다.

"그리고 그가 해독해 보이겠다 했다. 나는 그를 믿는다. 설사 내가 같은 독에 중독되어 있다고 해도 나는 그를 믿는다. 그는 내가 아는 한 최고의 독전문가니까. 더구나 이런 소란이 있었음에도 그는 주첨기를 살리는 데 모든 것을 집중하고 있다. 영감, 괜히 소란 피우지 마라. 위험한 시술인만큼 정신을 흩뜨리는 것은 매우 위험하다."

그 말을 끝으로 장영이 고개를 돌리자 모두가 을지마로를 바라보았다.

을지마로는 한 점의 동요도 없이 자신의 일만을 묵묵히 하고 있었다. 침 하나를 바꾸어 꽂는 데도 심혈을 기울이듯 땀을 빗방울처럼 흘렸다.

칼을 뽑았던 황엄과 무장들은 괜스레 머쓱해져서 조심스럽게 자신의 칼을 칼집에 꽂아 넣었다.

이윽고 모든 주첨기의 몸에 꽂았던 모든 침을 자오침으로 바꾸어놓은 을지마로가 크게 숨을 내쉬면서 이마에 흐르는 땀을 닦아내었다. 을지마로가 뽑아낸 금침은 그 끝이 전부 독 기운에 부식되어 있었다.

"휴우……."

모든 정신을 집중해서 시술하는 것은 쉬운 일이 아니었다.

"아니, 언제 이렇게 많은 사람들이?"

그제야 방 안에 수많은 사람들이 모여 있음을 느낀 을지마로가 놀란 표정을 지었다.

"다 된 것이냐?"

장영이 시술의 경과를 물었다.

"아닙니다. 아직 끝나지 않았습니다. 이제부터는 대주님이 도와주셔야겠습니다."

"좋다. 무엇이든지 말해라."

"저는 지금 황태자의 몸에 또 다른 독들을 넣었습니다."

을지마로의 말에 모두가 경악성을 내뱉었다.

"무슨 소리냐! 독 때문에 쓰러져 계시거늘, 또 다른 독을 넣다니!"

"미친 짓!"

"시끄럽다!"

모두의 우려 섞인 지탄에 장영이 날카롭게 외치며 조용히 시켰다.

"지금부터 태자의 몸 안에서 혈화독과 제가 넣어둔 독이 서로 자신의 영역을 가지기 위해 싸움을 할 것입니다. 제가 넣은 독은 극강한 독성을 지니지는 않았지만, 다른 독을 집어 삼키는 특성을 지녔습니다. 아마도 혈화독은 그 기운을 피해 움직일 것입니다. 그때 대주께서 혈화독을 흡수해 주십시오."

"그… 그런!"

"무슨?"

독을 흡수해 달라니, 그 무슨 말도 안 되는 소리란 말인가. 스스로 자살하려는 생각이 아닌 다음에야 누가 강제로 자신의 몸에 절독을 흡수한단 말인가.

"그리하면 되는 것인가? 네가 넣은 독에 대한 해독제는 가지고 있는 것이겠지?"

"그렇습니다."

모두의 우려 섞인 말과는 달리 장영은 그냥 무덤덤하게 을지마로의 말에 수긍해 버렸다.

"좋다. 그리하지."

잠시 후 주첨기의 몸에서 매케한 독향이 피어오르면서 온몸이 검게 변해가기 시작했다. 정신을 잃고 누워 있었음에도 고통에 인상을 찡그렸다.

"으으으……."

주첨기의 입에서 고통에 찬 신음성이 퍼져 나왔다.

"지금!"

맥을 짚고 있던 을지마로가 외치자 주첨기의 장심에 손을 대고 있던 장영이 그의 몸 안에 공력을 돌리면서 기의 길을 열었다.

슈아아악!

을지마로가 넣은 독을 피해 주첨기의 몸을 헤집고 다니던 혈화독이 장영의 팔을 타고 순식간에 빨려 들어갔다. 엄청난 속도로 기혈을 통해 들어오는 혈화독의 움직임에 팔이 뒤틀리는 듯한 고통이 느껴지는 순간 장영의 몸이 부들부들 떨리기 시작하더니 눈알이 하얗게 뒤집어졌다.

가만히 주첨기의 맥문을 잡고 있던 을지마로는 혈화독이 장영의 몸으로 모두 스며들자 후려치듯이 장영을 때려 주첨기에게서 떼놓고는 품속에서 하얀색 옥병을 꺼냈다.

을지마로가 옥병을 열자 알싸한 향이 피어올랐고, 그는 신속하게 주첨기의 입을 열고 조그마한 단약을 넣어주었다.

주첨기의 몸에서 떨어진 장영은 온몸이 타오르는 듯한 고통에 눈을 뒤집고 몸부림치더니 갑자기 정신을 잃고 쓰러졌다.

어느새 그의 드러난 얼굴 부위에는 시커먼 반점이 생겨나기 시작했다.

"후우… 다행이군……."

을지마로는 장영이 혈화독에 중독된 모습으로 쓰러졌음에도 모든 것이 해결된 듯한 표정으로 바닥에 주저앉았다.

모두들 그런 모습에 쓰러진 장영과 주첨기, 을지마로를 번갈아 쳐다볼 뿐, 감히 다가서지도 아무런 말도 하지 못했다.

3

'크크크크… 재미있는 놈이 들어왔군.'

시뻘건 안광을 토하는 거대한 붉은 호랑이의 형상을 하고 있는 물체가 스산하게 웃었다.

그것은 자신의 앞에 쓰러져 있는 흑의인을 내려다보고 있었다.

'일단은 맡아주마. 네놈이 진정으로 날 불러낼 수 있을 때까지 말이지. 크크크.'

第三章
암살자

戰鬼
전귀

1

살육의 계절이 돌아왔다.

혈교와 흑룡성의 세가 커지고 정파의 힘이 약해지면서 무수히 많은 분쟁이 생겨났다. 서남쪽 일대의 모든 영역을 지배하는 흑룡성과 혈교의 등쌀에 못 이긴 수많은 중소 방파들이 동북쪽으로 몰리면서 원래 있던 문파들의 틈을 비집고 들어오기 시작했다.

발달한 성도에 서너 개의 문파가 자리하다 보니 각자의 영역을 차지하기 위해 연일 싸움이 일어났고, 살인과 방화가 저질러졌다. 상황이 이렇게 되자 관에서도 군사들을 파견하여 무림인들의 싸움을 중재하기에 이르렀다. 하지만 원체 많은 싸움이 일어나니 관군의 수가 현저하게 딸렸다.

하북성 일대에 거대 세력권을 형성하고 있던 오가회는 몰려드는 정도의 중소 방파를 거두어들이고 그들 간의 싸움을 중재하는 일로 눈코 뜰 새 없이 바빴다. 그 와중에도 아래쪽으로는 흑룡성이 강서성을 지나 안휘성으로 영역을 넓히고, 서쪽으로는 혈교가 감숙성을 지나 섬서성으로 밀고 들어오는 통에 정신이 없었다.

다행히 안휘성에는 남궁세가가 버티고 있었기 때문에 흑룡성은 쉽사리 공격을 하지 못했다. 중원오대검수의 일인인 검왕 남궁창천과 새롭게 가주가 된 검협 남궁가휘의 무공은 세가 거대한 흑룡성으로서도 꺼려지는 상대인 데다가 북해빙궁의 빙한검 설한철을 비롯하여 빙옥현검대 이백 무인이 주둔하고 있었기 때문이다.

하지만 연일 영역을 확보하기 위해 싸움이 일어나고 암살자들이 드나들어 남궁세가를 괴롭히고는 했다.

"창궁만리!"

수십 개의 검기가 대지에 내리꽂히면서 수백 개로 쪼개진 돌 조각이 튀어 올랐다.

검기는 새하얀 백광을 내뿜는 검을 따라 휘몰아치듯이 흑룡성의 무인들을 향해 쏟아져 내렸고, 그의 검을 세 번 이상 받아내는 자가 없었다.

"우와와와와!"

남궁세가의 진영에서 함성이 일어났다.

수십 명씩 떼를 지어 공격해 오던 흑룡성의 무사들은 걸음을 멈출 수밖에 없었다.

흑룡성의 무사들을 바라보면서 오만한 표정으로 검을 들고 선 무인. 그는 바로 검협이라 불리는 당금 남궁세가의 가주인 남궁가휘였다.

"내 이름은 남궁가휘다. 불필요한 소모전은 서로를 상하게 할 뿐이다. 흑사방주는 나서라."

남궁가휘의 목소리가 흑사방과 대치한 포양호(我陽湖:아양호, 포양호라고도 칭해진다)의 강변을 울렸다.

흑사방주 모겸은 강서성까지 영역을 넓힌 후 장강수로채의 기웅과 연합하여 안휘 성도를 향해 진격했고, 그를 막으러 나온 남궁세가의 무인들과 대치한 것이었다. 오백에 달하는 흑룡성 예하의 무사들을 막기 위해 남궁세가의 일백 명의 창궁검수와 오십여 명의 빙검현옥대가 자리한 포양호 강변은 인산인해를 이루고 있었다.

"어린놈이 버릇이 없구나!"

흑사방의 소방주 모두충은 남궁가휘를 향해 코웃음을 치면서 나섰다.

"네놈이 알량한 무공만을 믿고 감히 아버님을 오라 가라 하다니, 세가에서 예의를 거꾸로 처배웠구나! 네놈의 대갈빡을 터뜨려 주마!"

모두충이 자신의 거대한 파풍도를 휘두르면서 남궁가휘를
향해 공격해 갔다.

슈아앙!

파풍도의 공기구멍이 거대한 바람 소리를 내면서 남궁가
휘를 향해 짓쳐들어 갔다.

투앙!

"우웃!"

하마터면 검을 놓칠 뻔했다. 내력이 실리지 않은 순수한 힘
만으로 휘두른 파풍도가 남궁가휘의 검을 튕겨내며 회오리치
듯이 남궁가휘의 다리를 쓸어왔다.

파캉!

파풍도를 쳐올리고 몸을 뒤로 뺀 남궁가휘가 모두충을 쳐
다보면서 놀란 표정을 지었다. 순수한 육체의 힘만으로 저 정
도의 공격을 한다는 것이 무척이나 신기했다.

"엄청난 힘이군!"

"홍! 어려서부터 좋은 거 다 처먹어서 내공을 기른 네놈들
과는 다르다."

모두충이 호기롭게 파풍도를 땅바닥에 꽂아 넣고는 자신
의 상의를 젖혔다. 그의 상반신에는 수없이 많은 상흔이 새겨
져 있었고, 구리빛으로 빛나는 근육들이 꿈틀거리고 있었다.

"우리 흑사방의 무사들은 목숨을 걸고 격전장을 헤쳐 오면

서 무공을 길러왔다. 온실의 화초처럼 자라온 정파 나부랭이 따위가 날 이길 수 있을 거라 생각했나? 웃기는군. 검협이라 불린다지? 오늘 네놈의 그 검을 부러뜨리고, 협이라는 말을 오물통에 처넣어주마.”

남궁세가의 무사들은 상처투성이의 상반신을 드러내면서 위협하는 모두충의 모습에 살짝 긴장했다.

“온실의 화초라… 그럴지도 모르지. 그를 만나기 전까지는 나도 그랬으니까.”

남궁가휘는 모두충의 말에 나직하게 웃으면서 그를 향해 검을 겨누었다.

“네놈의 상처를 보니 좋았던 기억이 떠올랐다.”

“좋은 기억 같은 소리하고 있네. 죽을 때는 나쁜 기억만 하도록 해주마! 으라랏차!”

스아앙! 팅!

파풍도가 회오리치듯 휘둘러지자 아슬아슬하게 도의 권격을 피한 남궁가휘가 검을 모두충의 가슴을 노리고 찔러 들어갔다.

“허헉!”

그러나 거대한 도를 휘두를 때 생기는 허점을 금세 파고드는 검극에 모두충이 당혹성을 지르며 몸을 비틀었다.

짜아악!

남궁가휘는 손목을 비틀어 찔러진 검면을 그대로 내리그

으며 모두충의 등 어림을 채찍처럼 때렸다. 그것이 시작이었다.

짜아악! 짝! 짝!짜작!

모두충은 정신이 없었다. 피하려고 해도 피할 수가 없었다.

남궁가휘가 모두충의 파풍도를 간발에 차로 피해 버리면서 검을 휘둘렀고, 옆면으로 활처럼 휘어진 검면이 어김없이 모두충의 상체를 채찍처럼 때렸다. 별다른 초식없이 모두충의 자세에서 비어 있는 허점을 찾아 휘둘러 댄 남궁가휘의 검면이 때리고 지나간 자리가 빨갛게 부어오르면서 모두충의 상체에 구불구불한 상처를 만들어놓았다.

"으아악! 이 개자식! 죽여 버리겠다."

마치 놀림당한 듯한 기분에 모두충의 화가 머리끝까지 치밀어 올랐다.

퍼억!

하지만 또다시 허리를 살짝 뒤로 접으며 파풍도를 아슬아슬하게 피한 남궁가휘는 그대로 몸을 돌리면서 다리를 차올렸고, 그 뒤꿈치에 정확히 관자놀이를 가격당한 모두충의 몸은 땅바닥에 처박혔다.

"무리다. 네놈이 어디에 누구인지는 모르겠지만, 상대를 가늠하는 것 또한 실력. 너는 아직 나와 싸우기에는 멀었다. 살려주마. 돌아가라."

남궁가휘가 싸늘하게 말했다.

모두충은 관자놀이를 맞으며 평형감을 잃어버린 것인지 제대로 몸을 일으키지 못하고 금세 고꾸라졌다.

자신의 아들과 남궁가휘의 싸움을 멀리서 지켜보던 흑사 방주 모겸의 이마에 실핏줄이 돋아 올랐다. 철저한 무시였다.

엄청난 무공을 사용한 것도 아니고, 화려한 검법을 사용한 것도 아니었다. 순수하게 필요한 힘만을 사용해 자신의 아들을 쓰러뜨렸다. 그것도 가만히 서서 칼질 몇 번하고 발길질 한 번 한 것이 다였다. 조금 전까지 무사들에게 뿌려댄 무지막지한 검기와 같은 자신의 무공을 보일 필요도 없는 상대라 여겼음일까.

"데려와."

모겸이 무서운 인상으로 남궁가휘를 노려보면서 자신의 수하들에게 명령했다.

수하들은 서둘러 쓰러진 모두충을 부축해 모겸 앞에 앉혔다.

"멍청한 놈."

"……."

모겸의 질책에 모두충은 고개를 푹 숙였다.

"검협! 네놈의 이 호의는 잊지 않겠다. 나의 아들에게 죽음보다 더 큰 모멸감을 주었구나. 내일은 반드시 네놈의 목을 따주마."

모겸은 자신의 아들에게서 시선을 떼고 남궁가휘를 향해 이빨을 갈았다. 그런 모겸을 향해 남궁가휘는 말없이 포권을 했다.

"흥! 돌아가자!"

모겸은 몸을 돌렸고, 포양호의 강변에 모여 있던 수많은 흑사방의 무사들이 뒤따랐다.

"수고했네. 역시 검협일세."

"암, 모두충이 누구인가? 사파에서도 그의 파풍도는 일절이라 불리는 자일세. 그런 자를 호흡 한 번 흩뜨리지 않고 제압했으니, 역시 검협의 무공은 대단하이."

"별말씀을."

흑사방의 무사들이 몸을 돌린 후 오가회에서 남궁세가를 돕기 위해 나왔던 각 세가의 장로 급 무인들이 칭찬하자 남궁가휘는 겸손하게 웃었다.

"자자, 돌아가세. 오늘은 검협으로 인해 별다른 피해가 없었으니 돌아가서 놈들의 공격에 또 대비해야지."

"그러지요. 모두 돌아가시죠."

남궁가휘는 회의 어른들을 모시며 몸을 돌리다가 문득 흑사방이 사라진 곳의 하늘을 쳐다보았다.

'그들은… 무엇을 하고 있을까……? 그때 따라갈 것을 그랬나?'

2

“괜찮은가?”

장영의 말에 침상에 누운 주첨기는 힘없이 고개를 끄덕였다.

을지마로의 치료가 끝난 후 삼 일이 지나서야 주첨기의 혈맥은 원래의 모습으로 돌아왔고, 온몸에 퍼져 있던 검은 반점도 사라졌다. 하지만 아직은 기력을 완전히 회복하지 못한 상태였다.

“현비 마마의 장이 치러졌다.”

“……”

“범인은 소의 이씨다.”

“뭐라고?!”

장영의 무덤덤한 말에 주첨기의 얼굴에는 극도로 놀란 표정이 지어졌다.

“아마도 너를 죽이고 자신의 아들인 주고희를 황태자 위에 올리고 싶었겠지.”

“그… 그런!”

주첨기는 소의 이씨와 주고희를 잘 알고 있다.

자신에게 무척이나 잘 대해준 여인이었다. 그다지 친하지는 않았지만, 그녀 역시 공헌현비와 마찬가지로 조선에서 선 황제 영락에게 시집와 비빈이 된 여인이었다. 또한 이제 다섯 살이 된 주고희의 생모로 무척이나 조용한 여인이었다.

"외부의 세력이 개입한 듯하더군."

"외부의 세력?"

"그래, 아직 정확히 어떤 세력인지 밝혀내지는 못했다. 하지만 꽤나 거대한 조직인 것 같다. 더구나 조만간 한왕을 이용해 또 한 번 군사를 일으켜 황도로 쳐들어올 것 같기도 하고……."

"으음… 한왕인가……."

"아직 모든 것은 그대로다. 조사만 하고 있을 뿐, 외부로 드러내지는 않았으니까. 네가 정신을 차렸다는 사실도 나와 너를 시술했던 을지마로, 그리고 황 영감 이외에는 아무도 모른다."

"그랬군."

주첨기가 미간을 찌푸리면서 가볍게 고개를 끄덕였다.

"나는 너를 이용해 현비 마마의 죽음에 관련된 모든 이들을 찾아내고자 한다. 그리고 그들 모두에게 죽음보다 더 큰 고통을 안겨주려 한다."

나직한 말투였지만 주첨기는 알 수 있었다. 지금 장영의 분노가 얼마나 큰지. 몇 마디의 말로도 그의 분노가 그대로 느껴져 오고 있었다.

'아아… 결국 서로가 서로의 욕심 때문에 죽일 수밖에 없

는 것인가…….'

외부의 인물이 개입되었다고는 하나 서로 죽이려만 하는 황가의 인물들에 대한 환멸이 느껴지는 주첨기였다.

"대주."

그때였다. 누군가 영수궁 밖에서 장영을 불렀다.

"마로냐?"

"예. 수동 형님에게서 전서구가 도착했습니다."

"들어와라."

얼마 전 한왕이 있는 낙양으로 향한 사마수동이 전서구를 보내왔다. 아마도 낙양에서 새로운 일이 일어난 사실을 적어 보낸 것이리라.

영수궁의 문을 열고 창백한 안색의 을지마로가 들어와 장영과 주첨기에게 공손하게 포권을 했다.

"그렇군. 자네가 나의 독을 해독했다 들었네. 고맙네. 목숨을 살려준 호의는 절대 잊지 않겠네."

주첨기는 을지마로에게 고마움을 표했다.

"별말씀을. 저는 대주님의 마음에 따랐을 뿐입니다."

을지마로는 자신에게 고마움을 표하는 주첨기에게 담담하게 말하고는 장영에게 들고 온 전서구를 전했다.

"한왕이 움직이기 시작했다. 현재 하남성으로 병력이 계속 모이고 있다고 한다. 모여 있는 장수들을 보았을 때 국경 수

비대의 일부와 우군대도독부의 장수들이 포함된 것 같다고
하는군.”

전서구를 주첨기에게 내밀며 장영이 담담하게 말했다.

“이… 이런! 찢어 죽일 놈들!”

주첨기의 어금니가 갈리듯이 깨물어졌다.

“아마도 한왕이 군을 움직이기 시작하면 황 영감이 어림군
으로 막아야 할 것이다. 그렇게 된다면, 황도는 일부의 금의
위를 제외한 최소의 군사만 남게 되지. 그때를 틈타 너를 암
살하려는 세력이 자금성으로 들어올 거다. 그때까지 너는 중
독된 척 있어주어야겠다.”

“하지만 한왕의 세력은?”

“내가 막아주지. 반드시 막아준다. 너는 일단 중독된 척하
고 있어라. 너를 죽이러 온 암살자들이 뭐 하는 놈인지 알아
내야 하니까.”

3

낙양에 유폐되었던 한왕 주고후는 다시 한 번 황위를 노리
기 위해 반란을 일으켰다.

삼만여 명이나 되는 거대한 군대가 낙양에서 거병하여 하
북의 안양현(安陽縣)을 지나고 있었다. 주고후가 지나는 모든
성에서 성문을 걸어 잠그고, 군사를 배치했으나 순식간에 궤

뚫어 버렸다.

결국 좌군대도독인 황엄 장군은 황도인 자금성을 방비할 어림군 이만을 남겨둔 채 삼만여의 병력으로 한왕 주고후의 군대를 막기 위해 하북의 남단 성도인 석가장으로 출진했다.

전쟁에 대한 불안감이 황도에 감돌면서 대신들은 일찌감치 퇴청했고, 밤의 어둠이 깔리기 시작서 자금성은 을씨년스러운 분위기를 풍겼다.

깜깜한 어둠이 깔린 시각.

누군가 자금성의 북문을 열고 들어왔다.

북문 교위는 상대가 내민 은색 패를 보고는 신속히 문을 열고 공손하게 군례를 취했다. 은색 패를 보인 이는 바로 현재 대명 군사 조직의 양대 세력이라 불리는 우군대도독 양위강 장군과 그의 일행이었다. 한왕 주고후가 반란을 일으켜서 모두가 출진한 것으로 알고 있었는데 어쩐 일일까?

"장군, 야심한 시각에 어인 일이십니까?"

북문 교위는 늦은 시간에 입궐하는 양위강의 모습에 의문을 품으면서 물었다.

"그냥 잠시 들렀네. 정세가 하도 뒤숭숭하니 잠도 오지 않고 말이지."

"아, 하긴 군사들의 태반이 석가장으로 출진했으니 말입니다. 지난번처럼 큰 난리는 없어야 할 텐데 말입니다.”

“그러게 말일세. 하여간 수고하도록 하게. 나는 잠시 둘러보겠네.”

“그리하십시오, 장군.”

북문 교위는 발걸음을 옮기는 양위강을 향해 고개를 숙여 군례를 취했다.

슥.

“컥!”

군례를 취하던 북문 교위의 비명성에 양위강의 고개가 홱 하고 돌아갔다. 검은색의 야행복을 입은 복면인이 북문 교위의 입을 막은 채 그의 목을 베어내고 있었다.

“아니! 죽일 필요까지야.”

어둠과 동화된 듯한 흑의복면인이 양위강을 향해 나직하게 말했다.

“양 장군께서 이곳에 왔다 간 사실은 그 누구도 알아선 안 됩니다.”

“그… 그런!”

“시간이 없습니다.”

“……”

복면인은 인상을 쓰며 자신을 바라보는 양위강을 무시하고 성곽을 향해 손짓했다. 그러자 성곽에서 그와 똑같은 복장을 한 한 떼의 무인들이 떨어져 내렸다. 복면인들은 속삭이듯이 말을 주고받았다.

"양 장군, 여기서부터는 저희가 알아서 하겠습니다. 이만 돌아가시지요."

애초에 그들이 말한 것도 여기까지였다. 성문을 열어주기만 하면 된다고 했던가.

"아, 알겠네. 그럼 성공하길 빌겠네."

"걱정 말고 돌아가시길."

그들의 정확한 실체에 대해서는 양위강은 알지 못했다. 자신이 권력을 잡기 위해 고민하던 중에 어둠 속에서 손을 내밀었던 자들. 그들은 주첨기를 죽이고 어린 주고희를 황위에 올려 자신을 군부의 핵심이 되도록 도와주겠다 했던가?

주첨기와 공헌현비가 독살당하고, 한왕이 군사를 일으키는 시점부터 무언가 잘못되어 가고 있다고 생각했지만 이미 발을 빼기에는 늦어버렸다. 이제는 이들과 함께한 거사가 성공하기를 빌 수밖에 없었다.

양위강은 복면인들이 열어주는 북문을 걸어나가며 연신 뒤를 돌아보았다.

그그긍.

다시금 북문이 잠겼다.

"시작한다. 목표는 영수궁의 주첨기다. 가자!"

우두머리로 보이는 복면인의 지시에 따라 모두가 땅을 박차고 어둠 속을 날아올랐다. 열 명 이상이나 되는 인원이었지만, 땅바닥을 딛는 소음조차 나지 않았고, 어느새 그들의 모습은 어둠에 묻혀 사라져 버렸다.

*   *   *

"아하암, 언제까지 지키고 있어야 하는 게지?"

잠이 덜 깬 듯한 모습으로 영수궁의 주변을 지키는 금의위 무인이 자신의 동료를 쳐다보면서 물었다.

"글쎄, 일단은 한왕의 반란이 끝날 때까지 아니겠는가? 그나저나 태자께서 아직도 저리 계시니 큰일일세그려."

"그러게 말이야. 황상 폐하의 병환은 날로 심해지시는데, 이러다가 정말 한왕 저하나 고희 태자께서……."

"예끼, 이 사람. 말 삼가시게. 누가 들으시면 경을 칠 걸세."

금의위는 혹여 누가 들을까하여 주위를 두리번거렸다.

"누가 듣는다고, 우리 말고는 아무도 없네."

영수궁의 주위에는 경비를 서며 자신의 자리를 지키고 있는 금의위 이외에는 아무도 보이질 않았다. 더구나 수십여 명이 영수궁을 둘러싸듯이 경계하고 있었기 때문에 하늘을 날아오지 않는 이상 접근이 불가능했다.

퍼엉! 와지끈!

"뭐? 뭐얏!"

궁 밖의 금의위들의 고개가 홱하고 돌아갔다.

갑자기 들려온 소음과 함께 영수궁의 중앙 전각문이 부서지며 검은색 물체가 튕겨 나와 청석 바닥을 뒹굴었다.

"크으윽……."

검은색의 물체는 사람이었다. 검은 야행복에 복면을 쓴 침입자.

너무도 갑작스러운 상황에 금의위들이 어리둥절해하면서 자신의 검을 뽑아 들었다.

퍼퍽!

또다시 격타음이 일어났고, 전각 밖으로 검은색의 인영들이 튀어나왔다.

모두 아홉 명이었다. 금의위들이 철통과 같이 에워싸고 있었거늘, 언제 침입했단 말인가.

"네놈들이군……."

그때, 중앙전각의 부서진 문을 밟고 넘어서면서 장영이 걸어나왔다. 그의 손에는 시꺼먼 빛을 발하는 창이 들려 있었고, 다른 한 손에는 복면인의 목이 쥐어져 있었다. 그의 손에 잡힌 복면인은 숨이 막혀오는 듯 컥컥대면서 고통스러운 신음성을 내뱉었다.

"치잇!"

복면인 중 한 명이 매서운 눈빛으로 장영을 쏘아보았다. 어느새 소음을 듣고 모여든 금의위는 복면인들을 둥글게 포위

했다.

"네놈들, 정체가 무척이나 궁금하군. 황궁의 깊숙한 곳에 암살을 위해서 잠입할 정도로 간이 크다니 말이지."

장영이 손에 잡고 있던 복면인을 던지면서 비아냥거렸다.

자신들의 임무에 실패한 복면인들은 둘러싼 금의위들을 연신 두리번거리면서 경계했고, 우두머리로 보이는 자가 품 속에서 무언가를 꺼내더니 바닥에 내려치며 외쳤다.

펑!

"산개!"

바닥에 던져진 물체가 새하얀 연막을 뿜으면서 순식간에 장내를 덮자 복면인들이 사방으로 몸을 날렸다.

"도망치도록 내버려 둘 줄 알았나? 녹산! 우천! 잡아라!"

장영의 외침에 지붕 위에서 누군가 솟구치면서 복면인들을 향해 빛살처럼 날아갔다.

슈악! 뻐버벅!

"컥!"

"크악!"

도망치려던 복면인들은 자신들의 뜻을 이루지 못한 채 그 물에 갇힌 참새처럼 날아오른 속도 그대로 바닥으로 떨어져 내렸다.

서서히 연막이 걷히고 장내가 드러났다.

영수궁의 앞뜰에 복면인들이 정신을 잃은 채로 쓰러져 있었고, 양녹산과 북궁우천이 각각 한 명씩을 잡고 있었다.

"어이, 움직이지 말라고. 귀찮게시리. 네놈들 기다리느라고 지붕 위에서 이틀이나 있었단 말이야."

양녹산이 자신의 손에 잡혀 바동거리는 복면인의 머리통을 쥐어박으면서 짜증을 냈다.

"대주, 말씀하신 대로 한 놈을 도망가게 두었습니다."

"좋아. 금의위는 들어라. 놈들을 뇌옥에 가두고, 소의 이씨와 양위강을 잡아와라."

"존명!"

금의위는 장영의 지시에 따라 복면인들을 마혈을 제압하고, 무기를 회수한 뒤에 포박했다.

"크크크, 한 놈씩 찾아내 주마."

장영은 양녹산과 함께 북궁우천이 복면인을 쫓아간 방향으로 몸을 날리며 스산하게 웃었다.

4

북경의 서북쪽에 위치한 소오태산(小五台山).

도시를 벗어난 외곽에 위치한 야산의 자락에는 군데군데 초옥이 위치해 어둠을 밝히고 있었다.

"암살대가 복귀했습니다."

"뭐? 이렇게 빨리?"

“임무는 실패입니다. 모두 죽고 염환만이 돌아왔습니다.”

“뭣이?”

백의를 입은 청년이 수하의 보고에 인상을 찡그리면서 화를 내었다.

“소룡은 어찌 되었나!”

“암살도 실패했습니다. 이미 놈들은 모든 것을 알고 있었다고 합니다.”

“으음…….”

탁자 위에 놓인 전서구를 읽고 있던 청년이 힘이 빠진 듯이 의자에 털썩 주저앉았다.

또다시 실패했다. 벌써 두 번째의 실패. 소룡을 암살하기 위해 꾸민 음모가 실패하면서 자신의 아비이자 련주에게서 눈밖에 난 이후로 다시 한 번 재기를 꿈꾸었지만, 그조차도 마음대로 되지 않는 듯했다.

“제기랄, 일단은 철수한다. 관련된 모든 흔적을 지워라. 절대 정체가 드러나서는 안 된다.”

청년은 자신의 수하에게 명령하면서 탁자 위에 쏟아두었던 전서구를 거두어들였다. 만약 놈들이 소룡의 암살에 관련된 사항을 이미 알고 있었다면, 황궁 안에 있던 소의 이씨나 자신들을 도왔던 양위강을 비롯한 대신들 역시 무사하지 못할 것이다. 그 후 자신들이 드러나는 것은 시간문제다. 서둘러 철수해야만 했다.

대충의 중요한 문서를 챙긴 청년은 서둘러 문을 나서려 했
다. 그런데 그때 갑자기 밖에서 창검이 부딪치는 소리가 들렸
다.

창! 채— 챙!

"피… 피해랏!"

따당!

벌컥!

"당주! 피하셔야 합니다. 적입니다."

"뭐?"

자신의 수하가 얼굴에 피를 흘리면서 방문을 열었다.

"무슨 소리냐! 누가 왔다는 것이냐!"

"아무래도 도망친 암살대에 꼬리가 붙었나 봅니다. 어서
도망쳐야 합니다."

"치잇!"

수하의 어깨너머로 방문 밖의 상황이 보였다.

일급 무인으로 구성된 자신의 휘하에 있던 이들이 적들에
게 공격을 당하고 있었다. 련에서도 수위에 드는 무인들이었
거늘 침입한 적들에게 상대조차 되지 않는 듯했다.

"제기랄……!"

청년은 부리나케 뒷문으로 빠져나갔다. 아니, 빠져나가려
했다.

뻐억!

자신의 앞에서 경계를 서던 무인이 단말마의 비명도 지르지 못한 채 튕겨지듯 바닥을 구르면서 처박혔다.

"어딜 가는 거지? 나는 그대에게 듣고 싶은 게 많은데 말이야."

검은색 흑삼을 입은 남자가 담담한 목소리와 함께 스산한 살기를 내뿜으면서 자신을 바라보고 있었다. 얼굴을 가리면서 헝클어져 내린 기다란 머리카락과 새하얀 송곳니를 드러내면서 웃고 있는 남자는 장영이었다.

"죽어랏!"

청년은 어금니를 깨물며 손안에 모은 공력을 장영에게로 떨쳤다.

파앙!

"멍청한……."

강맹한 위력의 장력이 장영의 몸에 닿으려는 순간 무언가에 막혀 흔적도 없이 사라져 버렸고, 엄청난 고통이 복부를 향해 느껴졌다.

"크윽!"

언제 움직였는지 보이지도 않았는데 장영의 주먹이 청년의 복부를 파고드는 순간 청년은 정신을 잃었고, 흐릿해지는 그의 귓가로 장영의 목소리가 들렸다.

"네놈, 하지 말아야 할 짓을 해버렸다."

　　　　　*　　　　　*　　　　　*

촤아악!

"으푸푸……."

한 양동이의 물이 끼얹어졌다.

시꺼먼 어둠을 벽에 걸린 횃불 몇 개로 밝혀둔 뇌옥.

의자 위에는 피투성이가 된 채 묶여 있는 한 남자와 온몸에 피칠을 한 또 한 명의 남자, 그리고 흑삼을 입은 남자가 날카로운 안광을 빛내고 있었다.

"누… 누구? 누구냐?"

의자에 묶인 남자는 흐릿하게 보이는 잔영에 정신을 차리면서 뇌까렸다.

짜악!

흑삼을 입은 남자가 자신의 손을 휘둘러 귓불을 올려쳤다.

의자에 묶인 남자의 얼굴이 올려친 따귀에 반이나 돌아가며 핏줄기를 뿌렸고, 부서진 이빨 조각이 튀어나왔다.

"으허헉……."

금세 발갛게 부어오른 볼을 손으로 돌려놓고는 의자에 한쪽 발을 걸친 흑삼의 남자가 얼굴을 가까이 가져다 대었다.

"네놈의 이름이 궁금하군."

그는 장영이었다. 주첨기를 암살하고자 했던 청년을 잡아들여 황궁 안의 뇌옥에서 심문을 하고 있는 것이었다. 손톱이 서너 개나 뽑혀져 나와 손가락이 문드러져 있었고, 허벅지와 가슴은 살가죽이 터져 버린 지 오래인 듯 피딱지가 말라붙어 있었다. 헝클어진 머리카락과 초점없는 눈은 그 과정이 얼마나 고통스러웠는지를 여실히 나타내었다.

청년에게는 장영의 새하얀 안광이 쏘아져 나오는 눈이 지옥의 악귀보다도 더 무섭게 느껴졌다.

"말해라, 네놈이 누구인지."

나직한 목소리는 거부할 수 없는 공포를 지니고 있었다. 장영이 다시금 손을 들어 올리자 공포에 질린 청년은 발악이라도 하듯이 외쳤다.

"하… 하만… 내 이름은 하만이오!"

"……."

장영은 무심한 눈으로 청년을 바라보다가 사악한 미소를 지었다. 왠지 싸늘한 분노가 느껴지는 듯한 웃음이었다.

"좋아, 하만. 계속 그렇게 대답해 준다면 좋겠군."

끄덕, 끄덕.

자신을 하만이라 밝힌 청년은 세차게 고개를 끄덕였다.

적어도 지금 이 순간은 자신의 아비보다 눈앞의 장영이 더욱 두려웠다.

"어째서 공헌현비를 죽인 것이지?"

"그… 그것은……."

하만은 잠시 말을 멈추고 눈가의 핏줄이 터져 시뻘게진 눈으로 장영을 쳐다보았다.

"왜? 주첨기만 죽이면 되질 않았나? 목적은 주첨기를 죽이고, 반란에 성공하는 것이었겠지."

"어… 어떻게 그걸?"

장영이 하만의 멱살을 잡아 들었다. 하만은 멱살이 잡혀 의자째로 들어 올려졌다.

"잘 들어라. 내가 너에게 묻고 싶은 건 어쭙잖은 황위 따위를 노린 이유가 궁금한 게 아니야. 아무런 관계도 없는 공헌현비 마마를 죽게 만든 네놈들의 단체가 궁금한 것이다."

하만의 눈앞까지 다가온 장영의 싸늘한 눈이 묻고 있었다. 그 눈은 지독한 공포, 그 자체였다.

"자, 말해라. 네놈이 혼자 모든 것을 꾸몄을 리는 없을 터다."

꿀꺽.

목을 옥죄어오는 공포에 하만의 목울대로 침이 넘어갔다.

"그… 그건……."

극도의 공포로 인해 우물쭈물거리는 하만의 모습에 장영의 이마에 실핏줄이 돋아 올랐고, 새하얀 송곳니가 입술을 비집고 나오기 시작했다.

“크르르……”

짐승의 울음소리는 더욱 거세지며 하만을 위협했다. 장영의 몸에서 흘러나온 칼날 같은 살기는 조그맣던 뇌옥을 가득 채웠고, 어둠을 밝히던 횃불이 살기에 반응한 듯이 세차게 흔들렸다.

“으으으으……”

“크르르르르……”

붉은 혈광이 장영의 두 눈에서 뿜어져 나왔다.

“귀원… 귀원… 호라크… 북원……!”

겁에 질린 하만이 정신을 잃고 소리쳤다. 어떻게든 벗어나고 싶었다. 눈앞의 공포. 사람의 이지마저 상실하게 할 정도로 거대한 공포였다. 붉게 타오르는 혈광은 먹이를 쫓는 짐승의 눈마냥 자신을 노려보았고, 그 속에 감추어진 광포한 기운이 자신을 노려보고 있었다. 하만은 몸을 옥죄는 살기에 숨을 쉴 수가 없었다.

털썩!

장영은 하만을 던져 놓고는 송곳니를 드러내며 으르렁거렸다. 붉게 타오르는 듯한 머리칼과 눈에서 쏟아져 나오는 안광이 그의 얼굴을 더욱 공포스럽게 만들었다.

“크르르……”

장영은 애써 분노를 가라앉히면서 숨을 골랐다.

“광… 수혈족… 네놈은… 광수혈족이었군……. 멸족된 지

오래라고 들었는데… 이럴 수가……."

바닥에 내동댕이쳐진 하만이 지독한 공포에 미쳐 버린 듯 초점없는 눈으로 큭큭대면서 웃었다.

"귀원의 세상이 열릴 줄 알았거늘……."

하만의 중얼거리는 듯한 말에 신경이 거슬린 장영의 고개가 돌아갔다.

"혈족을 알고 있나? 어떻게 혈족을 알고 있는 거지?"

"……."

"어떻게 혈족을 알고 있나 물었다."

하만은 쓰러진 채 아무런 말이 없었다.

"녹산, 깨워라."

장영은 함께 있던 양녹산에게 물을 뿌리게 했다.

촤아악!

"응?"

물을 뿌려도 아무런 반응이 없자 양녹산이 하만을 흔들었다. 그래도 아무런 반응이 없자 맥을 짚었으나, 이미 목숨을 잃은 듯 하만의 맥은 멈춰 있었다.

양녹산이 장영을 보면서 고개를 가로저었다.

"대주, 죽었습니다."

"……."

장영은 물끄러미 하만을 바라보더니 고개를 돌렸다.

"무슨 뜻일까요? 귀원의 세상이라니……."

　　양녹산이 죽기 전 장영을 향해 했던 말에 의문을 가지면서
물었다.

　　"글쎄… 일단 석가장으로 간다. 수동과 합류한 후에 북원
의 세력이 있는 카라코람으로 간다. 그곳에서 호라크라는 자
를 찾는다. 그뿐이다."

第四章
석가장 전투 1

戰鬼
전귀

1

석가장은 북경에서 서남쪽으로 오백여 리 정도 떨어진 작은 도시였다. 북경에서 산서, 산동, 하남으로 이어진 제법 커다란 대로가 발달하여 북경으로 향하는 상인들이 자주 찾는 곳이었다.

하나 그다지 볼거리가 없는 곳이었기에 유명세를 치르고 있지도 않았고, 중앙 내륙에 위치한 곳이라 군사적 위협이 없어 거대한 성곽도 없을뿐더러 주둔하고 있는 군대도 천여 명 정도에 불과했다.

군사적인 시설이나 관광객을 위한 주루는 거의 없었고, 지나는 상인들을 위한 객점만이 도시를 가득 채우고 있었다.

한데 지금 석가장은 한바탕 난리가 났다. 무려 삼만여 명이나 되는 대병력이 진을 구축하고 도시를 점거했다. 한왕의 반란 때문이었다.

한왕의 반란군을 하북성의 경계에서 막아내기 위해 파견된 좌도독 황엄 이하 삼만의 어림군은 주요 객점이나 대로를 점거하고, 길목 길목에 함정을 설치해 지나는 상인들을 통제했다.

"제기랄, 도대체가 아무리 내륙 지역이라고 해도 군사시설이 이 모양이라니!"

한왕은 석가장의 상태를 보고는 어이가 없었다.

성벽은 고작 일 장 정도의 높이에 불과했고, 그나마 있는 성벽도 보수한 지가 오래된 듯 여기저기 부서져 나간 곳 투성이여서 적의 파쇄차 한 방이면 뚫려 버릴 것만 같았다. 이대로라면 야지에서 맞서는 것과 그다지 큰 차이가 없질 않은가.

"이번 일이 끝나면 석가장 수비장의 목을 쳐버리던지 해야지. 제기랄 놈!"

아무리 한탄을 해도 성벽을 다시 지을 수는 없었다. 황엄은 노련한 무장답게 현 석가장의 상황에 맞추어 방어 진지를 구축하고, 휘하의 좌장들과 함께 대책을 마련했다.

"장군, 이미 적들이 형태현(邢台縣)을 넘었다고 합니다."

"뭣이? 그렇게 빠르게? 기 장군, 적들의 수는 얼마인가!"

　황엄은 전서를 펼쳐 읽고 다급하게 보고하는 부장 무탁 장군의 말에 경악성을 내뱉었다.

　"예, 적의 전군과 좌, 우군이 각 일만, 중군이 이만, 후군이 오천입니다."

　"설마, 또 늘었단 말이냐?"

　"예. 안양현을 지나면서 북쪽 국경에 있던 이들이 합류했습니다."

　쾅!

　"제기랄! 어째 이리 역심을 품은 놈들이 많은가!"

　황엄은 좌장이자 참모 격인 기여호 장군의 말에 회의 탁자를 거세게 내려치면서 노성을 토했다.

　"대장군, 일단은 대책을 정하시는 것이……."

　"그렇습니다, 장군. 선두에 선 적은 오백여 명 정도의 철기병으로 보입니다. 그들의 이동 속도라면 반나절이 못 되어서 이곳까지 치고 들어옵니다. 서둘러 맞서 싸우는 것이……."

　"좋다. 기 장군, 녕보(寧堡:석가장의 아래쪽 마을)의 평원에서 그들을 맞는다. 준비하라."

　"충!"

　황엄군은 서둘러 군사들을 모아 녕보로 향했다.

　녕보에 살던 주민들은 갑자기 수많은 군사가 몰려들자 터전을 버리고 도망을 쳐버렸고, 어느새 한왕의 군대와 황엄군이 마을을 중심으로 하여 서로의 간격을 유지하며 대치했다.

"거기 있는 자가 황엄인가?"

한왕군의 진영에서 말을 몰고 나온 은빛 갑주의 장수는 황엄을 알아보고 소리쳤다.

"흥! 네놈이 어찌 이곳에 있단 말인가!"

황엄은 자신을 부른 자가 서북쪽의 국경을 담당하고 있던 한림이라는 장수임을 알고 대노했다.

"껄껄. 자네는 여전하네그려. 아직도 그 충정이 변하질 않아."

"네놈, 무슨 소리를 하는 것이냐. 어째서 네놈이 반란군의 곁에 있는 것이냐고 묻고 있다!"

한림은 대명에 대한 충성심이 무척이나 뛰어난 자였다. 그런데 그가 반란군에 속해 있자 황엄은 무척이나 화가 났다.

"황엄, 이젠 나도 늙었다네. 지금의 황상께오선 너무도 심약하시다네. 어전은 말 많은 간신들이 판을 치고, 자신들의 뒷배를 불리는 자들로 가득하네. 우리 무신들은 화려했던 영광을 일 년여 만에 문신들에게 빼앗기고 말았지. 태평성대로 불릴지언정 무신의 힘은 점점 더 약해져만 가고 있다네."

"말도 안 되는 소리. 어찌 군인이 권력을 탐한단 말이냐!"

황엄이 야단을 치듯이 한림을 향해 소리쳤다.

"이보게, 황엄. 자네나 나나 이미 한참을 늙어버렸네. 이제는 손주들 재롱이나 보며 한가로이 남은 여생을 보내야 하지 않겠는가? 무모한 전투는 피하세나. 우매한 현 황제나 언제 죽을지 모를 황태자보다는 한왕 저하 곁에 붙는 것이 더 남는 장사가 아니겠는가? 한왕께서는 자네를 무척이나 아끼시네. 항상 자네를 곁에 두고 싶어하셨지. 어떤가, 저하의 곁에서 남은 여생을 편히 보내도록 하는 것은……."

"갈! 돼먹지 않은 소리! 군인은 전장을 떠나 살 수 없다. 무엇이 네놈을 물들였는지는 모르겠으나 그따위 망발이나 내뱉으려거든 어서 나와 내 칼을 받아라."

황엄은 자신은 거대한 마상검을 꺼내 들었다.

"쯧쯧, 한심한 사람 같으니……. 기어이 벌주를 마시겠단 말인가……."

혀를 차듯이 비웃는 한림의 손이 들려 올라갔고, 황엄의 커다란 검과 한림의 손이 지면을 향해 내려오는 순간 양측의 기병들이 박차며 질주했다.

두 번째 한왕 반란의 첫 싸움은 그렇게 시작되었다.

2

"대주."

북궁우천이 달리고 있던 장영을 불렀다.

"응?"

"석가장 쪽으로 가실 계획입니까?"

"음… 일단은."

"태자의 신변을 조금 더 보호하시지 않아도 되겠습니까?"

"아니, 일단은 녹산에게 호위를 맡겼으니 그걸로 충분하다. 일단은 석가장으로 이동해서 한왕의 반란군과 싸우는 황엄을 도운 후에 수동 일행에 합류한다. 필시 그곳에도 귀원련이라는 놈들의 세가 미쳐 있을 것이다. 누군가 한왕을 부추겼다면, 분명 놈은 아직 그곳에 있다. 지금쯤 주첨기에 대한 암살 계획이 실패했다는 사실을 알게 되었겠지. 아니, 어쩌면 수동이 놈을 잡았을지도 모르겠군."

황도에서 주첨기를 암살하려 했던 하만과 복면인들을 소탕한 장영은 지금 석가장을 향하고 있었다. 이미 공헌현비를 암살한 자들이 밝혀진 이상 머뭇거릴 필요가 없었다. 사건의 전말을 듣게 된 주첨기는 분노하면서 군사를 일으키려 했지만, 한왕의 반란으로 시끄러운 이때 북원을 정벌하기 위한 군대를 모집하는 것은 시기에 맞지 않았다.

"주첨기를 암살하려고 했던 복면인들은 무공을 사용하고 있었습니다. 어쩌면 무림의 세력이 개입되어 있을지도 모르겠습니다만……."

"상관없다. 현비의 죽음에 관련이 있는 자라면 모조리 베어낸다. 그뿐이다."

"……"

장영의 뜻은 단호했다.

*　　　*　　　*

"와아아!"

챙! 채챙!

난전이었다. 한왕의 반란군과 막아내는 황엄군의 전투는 말 그대로 누가 아군이고 누가 적군인지 알 수 없을 만큼 뒤섞인 채 이루어졌다. 드넓은 평야에서 각 군의 선두 수천이 맞부딪쳐 싸우는 광경은 가히 장관이었다.

한왕의 반란군은 황엄이 이끄는 어림군보다 수는 많았지만, 그 질에서 확연히 차이가 났다. 황제의 궁을 지키기 위해 무수히 많은 무공을 섭렵하고, 내공까지 익힌 어림군과 외공 위주로 익힌 한왕 측 반란군 병사들은 비교 대상이 되질 못하였다. 근근이 반란군 측의 무장들에 의해 그 힘의 평형이 유지되는 듯했지만 어림군은 이내 한왕의 반란군을 몰아붙였고, 반란군의 기병들은 힘을 잃고 후퇴하기 시작했다. 황엄은 그런 반란군을 쫓았지만, 얼마 가지 못해 한왕이 이끄는 중군이 도착했고, 또다시 접전이 일었다.

병력이 늘어나면 날수록 전투는 점점 더 치열한 양상을 띠어가기 시작했다. 때로는 아군이 휘두른 검에 맞아 죽어나가는 병사도 부지기수였다.

'이럴 수가! 중군을 한왕이 직접 이끄는 듯한데, 어찌 이런

무모한 수를 쓴단 말인가!'

기다란 장검을 휘두르며 적을 베어내던 황엄은 문득 의문이 들었다. 반란군은 무모할 정도로 저돌적으로 공격해 왔다. 어떠한 군진도 없는 무조건적인 밀어붙이기 식의 공격이었다.

황엄이 이끄는 삼만의 어림군과 싸우고 나서 또다시 북경에 남겨진 이만의 군사와 싸워야 할진대 마치 이 한번에 모든 것을 걸고 있는 것처럼 공격해 오는 것이었다.

자신이 알기에 한왕이라는 사람은 북원정벌군의 대장군으로 있을 때만 해도 신출귀몰한 전략가로 유명했다. 영락제가 친정을 하기는 했지만, 북원과의 전투에서 사용한 전술 대부분이 그의 머릿속에서 나온 것이었다.

그의 전술은 항상 정벌군에게 승리를 가져다주었고, 그에 대해 황엄 또한 무릎을 치며 감탄한 적이 한두 번이 아니었다.

더구나 지금은 역적이 되어 낙양에 유폐되고 전장에서의 경험은 자신보다 적은 한왕임에도 마음 깊이 존경하고 있었다.

'어째서… 혹 다른 노림수가 있는 것인가?'

"죽어랏!"

잠시 멍하게 생각에 잠겨 있던 황엄을 향해 적병이 창을 찔러 들어왔다. 하지만 수십 평생을 전장에서 살아온 황엄이 자신을 노리는 살기를 느끼지 못할 리가 없었다. 황엄은 찔러온 창을 피하며 병사를 반으로 쪼개 버렸다.

"어쨌든 일단은 이들을 막아야만 한다. 다른 생각은 차후의 문제."

황엄은 장검을 휘둘러 적병을 공격하기 시작했다. 위압적인 검기나 화려한 곡선을 그리지 않았지만, 황엄은 오십이 넘은 나이에도 엄청난 힘으로 적들의 머리를 날려 버리고, 허리를 잘라내면서 전장터를 누비기 시작했다.

시간이 흘러 어느새 날이 어두워져 가고 있었고, 전투는 한 번의 휴식도 없이 지속되었다.

황엄의 몸은 수백, 수천 번이나 휘둘러댄 칼부림으로 땀에 흠뻑 젖어버렸다. 입고 있던 갑옷의 틈으로 진득한 땀이 상처에서 흘러나온 피와 섞여 나왔다.

전투는 점차 막바지로 치닫고 있었다. 무모하게 밀어붙인 한왕의 반란군은 얼마 가지 않아 그 수가 절반으로 줄어버렸다. 반란군의 군사들은 이미 패색이 짙었음에도 무엇인가에 미쳐 있는 것처럼 악을 쓰며 불을 향해 달려드는 부나방처럼 계속해서 공격해 왔다.

하지만 그들의 이상한 점을 눈치 채는 자는 아무도 없었다. 숨 돌릴 틈 없이 전투가 지속되는 통에 어림군과 황엄마저 전투의 분위기에 휩쓸려 버린 것이다. 마치 마약처럼 서로가 서로를 죽이는 것에만 중독된 듯했다.

한참여를 포악한 짐승과도 같이 누비던 그때, 자신의 시선을 스쳐 지나가는 한 명의 장수에 의해 황엄의 정신이 깨어났다.

반군의 후미에 새하얀 백마를 타고 있는 한왕이었다. 앙상하게 마른 양쪽 볼과 초점이 흐릿한 두 눈은 예전의 총기를 잃어버려 삶에 대한 의욕마저 느껴지지 않는 모습이었다.

'설마 저것이 그 한왕이란 말인가?'

무엇이 그를 저런 폐인으로 만들었는지, 그리고 그를 따르는 장수들은 어째서 저런 모습을 하고 있는 한왕에게서 무엇을 위해 역적이라는 오명을 쓰며 반란에 참가했는지 이해가 가지 않았다.

'저런 모습으로는 반란을 일으켰단 말인가?'

스쳐 지나간 믿을 수 없는 한왕의 모습에 황엄은 정신이 나가 버린 듯 한왕이 있던 그 자리에 시선을 고정한 채 움직이지 않았다.

'이 전쟁… 무언가 이상하다…….'

슈아악!

그런 황엄을 향해 또다시 수십 개의 창날이 날아들었다.

따다다당!

창날이 황엄의 몸을 파고들려는 찰나, 무언가 황엄의 앞으로 날아들더니 엄청난 사방의 창날을 한번에 쳐내 버렸고, 그들을 중심으로 원형을 그려낸 듯이 불꽃이 튀어 올랐다. 검은색의 복면에 장포를 걸친 그는 장영의 명령에 한왕을 감시하는 임무를 맡고 있던 사마수동이었다.

"장군!"

공격을 막아 황엄을 지킨 사마수동은 고함을 치듯이 황엄을 불렀다.

하지만 황엄은 들리지 않는 듯 여전히 고정된 시선을 돌리지 못했다.

"제길!"

슈아악!

또다시 날아드는 공격을 사마수동이 섬전과도 같은 움직임으로 황엄의 주위를 누비면서 모조리 튕겨내 버렸다.

"이런 썅!"

짜악!

"영감! 정신 차리란 말이야!"

사마수동은 혼전에서 무언가에 정신을 잃어버린 황엄의 뺨을 거세게 때렸다. 한참이나 나이 차가 나는 황엄이었지만 지금은 그런 것을 따질 정도로 여유로운 상황이 아니었다.

"윽!"

불에 데인 듯한 고통에 신음성을 토해내며 황엄이 정신을 차렸다.

"자네는?"

"멍청한 영감탱이! 죽으려고 그러는 거얏? 이런 혼전에서 미쳤나?"

사마수동이 자신을 향해 달려드는 창병 둘을 주먹으로 후려치면서 황엄에게 짜증을 냈다.

"영감, 정신 차리라구. 이놈들, 아무래도 조금 이상하니까 말이야."

사마수동이 금세 다가서는 반란군의 모습에 긴장한 듯 자세를 취하면서 경고하자 황엄 역시 자신의 장검을 세워 적의 창을 막아갔다.

전장에 나선 황엄도 대단했지만 사마수동은 마치 신들린 듯했다.

맨손이었음에도 그의 주먹과 맞부딪친 창검은 엿가락처럼 휘어져 버렸고, 섬전과 같은 속도로 적들의 사이를 누비면서 뻗은 주먹과 발에 철제 갑옷이 그대로 뚫려 버렸다. 그가 있는 곳에서는 어김없이 서너 명씩 튕겨 올랐다.

황엄은 적들을 베어내면서도 연신 감탄을 금치 못했다. 괴물 같은 장영이야 그렇다 치더라도 북원정벌군 당시 장영과 함께 다녔던 남궁가휘와는 또 다른 느낌이었다. 남궁가휘가 절제된 듯한 검으로 적을 베었다면, 사마수동은 폭풍우처럼 거칠게 적을 패대기쳐 버리는 느낌이랄까? 여하튼 장영이라는 괴물 주위에는 온통 괴물들뿐인 것만 같았다.

한참 동안 힐끗거리면서 사마수동의 싸우는 모습을 보며 검을 휘둘러대던 황엄은 자신의 앞쪽에서 무척이나 사이한 느낌을 받았다. 국경수비대의 복색을 한 병사였다. 그런데 희한하게도 그의 눈동자는 회색이었고, 일선에서 싸우는 병사들과는 달리 핏기 하나 없는 창백한 피부를 가지고 있었다.

'뭐지?'

황엄의 코끝으로 인상을 찡그리게 하는 미세한 향기가 느껴졌다.

가가각!

황엄의 코앞까지 다가온 병사는 무표정한 얼굴로 들고 있던 창을 버리고, 주먹을 휘둘러 황엄의 허리를 후려쳤다. 황엄은 베어버릴 요량으로 자신의 장군검을 들어 막았지만, 되레 튕겨나간 것은 그의 검이었다. 또한 튕겨 나간 정도가 아니라 자신의 검과 부딪쳤음에도 주먹이 검날을 긁어내면서 곧게 뻗어와 철제를 덧대어 만든 갑옷을 반이나 우그러뜨려 버렸다.

"크윽!"

엄청난 충격이었다.

병사가 후려친 주먹에 밀려 나가던 황엄이 가까스로 자신의 검을 땅에 박아 몸을 정지시키고 고개를 들었고, 그의 앞에는 미친 듯이 아군을 쓰러뜨리는 괴인이 보였다.

병사라고 믿기에는 말도 안 되는 무위를 가진 자였고, 그는 몸뚱어리 하나만으로 자신에게 몰려드는 수십여 명의 아군을 몰살시키고 있었다.

화려한 초식? 뛰어난 경신법? 그따위 것이 아니었다. 막아도 아무런 소용이 없었고, 칼로 내려치고, 창으로 찔러도 그는 신경도 쓰지 않았다. 무슨 몸뚱이가 만년금석이라도 되는 양 아무런 상처도 입지 않았다.

맨손으로 아군 병사들의 몸을 짓이기는 괴인의 모습은 공포, 그 자체였다.

황엄은 밀려오는 고통에 서서히 정신을 잃었다.

"일진광풍!"

뻐걱!

한참을 황엄군을 유린하던 괴인이 갑작스레 날아온 주먹에 옆구리를 내주며 몸이 좌로 꺾여 튕겨 나가 지면에 처박혔다. 주먹을 내지른 사마수동이 황엄의 앞을 막아서면서 인상을 썼다.

"제기랄, 이건 또 뭐야?"

충분한 경력을 실어서 내지른 주먹인데 사람의 몸에 부딪친 듯한 느낌이 아니었다. 괴인을 때린 주먹에서 느껴지는 반탄력은 무슨 만년한철로 만든 철인형을 때린 것만 같았다.

"응?"

주먹을 쥐고 인상을 쓰던 사마수동의 얼굴이 기괴하게 찡그려졌다. 자신의 주먹에 맞은 괴인이 아무렇지도 않게 일어나 자신을 응시해 왔다.

"뭐, 저런 게 다 있지?"

사마수동이 불쾌한 듯한 음성으로 괴인을 향해 몸을 날렸다.

슈아아악!

괴인의 정면에서 지면을 박차고 몸을 띄워 올린 사마수동의 주먹으로 엄청난 양의 경력이 모이는가 싶더니 엄청난 빛무리가 터져 나왔다.

"백열… 유성권!"

뿌가가가가각!

새하얀 수백 개의 주먹이 괴인을 향해 쏟아졌다. 엄청난 권격이 폭풍처럼 괴인과 괴인이 서 있던 곳을 폐허로 만들었다.

"뭐… 뭐얏?"

허공에서 수도 없이 많은 양의 권격을 뻗어내는 사마수동에게서 느껴진 알 수 없는 위화감.

그 많은 주먹을 튕겨내듯 괴인은 가만히 서서 사마수동을 노려보고 있는 것이 아닌가. 그는 마치 주먹의 충격 따위는 신경도 쓰지 않은 채 사마수동의 몸이 바닥으로 떨어지기만을 기다리고 있는 듯 보였다.

"이런 썅! 뭐, 저런 게 다 있지?"

사마수동의 권격이 줄어들면서 그의 몸이 서서히 지면으로 내려왔다. 그러자 기다렸다는 듯이 괴인의 신형이 엄청난 속도로 움직였다.

뻑!

“큭!”

괴인의 올려치기가 사마수동을 향해 뻗어졌고, 사마수동은 가까스로 양팔을 교차해서 막으면서 그 힘을 이용해 뒤로 물러났다.

중원에서 절혼권으로 불리며 권에 있어서라면 둘째가라면 서러워할 정도로 강한 자신이었다. 그런데 교차해 막은 두 팔에 느껴진 충격은 신음성이 터져 나올 정도로 엄청났다.

“크아아!”

괴인이 괴성을 지르면서 사마수동을 향해 공격해 들어왔다.

격공보로 괴인의 주먹을 하나도 맞지 않고 피한 사마수동은 황엄이 있던 곳까지 몸을 물렸다.

“젠장할, 어디서 이런 것들이 튀어나온 것이지?”

괴인의 주먹과 부딪쳤던 팔에서 감각이 느껴지질 않았다.

“부러진 건가?”

절로 인상이 찡그려졌다.

괴인의 주먹이 또다시 사마수동을 노리고 들어오자 사마수동은 황엄을 잡아서 허공으로 던져 버리고는 괴인의 주먹을 막아갔다.

엄청난 공방이 시작되었다. 사마수동은 괴인의 주먹을 피하면서 자신의 권각을 무수히 박아넣었지만, 괴인의 몸은 조금씩 밀려 나가는 것 이외에는 아무런 타격도 입지 않는 듯했다. 하지만 어떻게 할 수 있는 방법이 없었다. 괴인의 주먹은 사마수동이 격공보를 사용하지 않는다면 피할 수조차 없을 정도로 엄청난 속도와 위력을 가지고 있었다.

"열받는구만. 으라랍!"

뿌각!

자신의 주먹이 상대에게 아무런 효과도 거두질 못하자 사마수동이 엄청난 힘으로 괴인의 몸을 후려쳤고, 괴인의 몸이 뒤쪽으로 삼 장여나 밀려 나갔다.

하지만 역시 괴인의 몸에는 아무런 타격을 입히지 못한 듯했다.

"네놈이 얼마나 버티나 보자."

휘리리리링!

뿌드득 소리가 날 정도로 어금니를 앙다문 사마수동이 자신의 주먹에 모든 공력을 집중했다. 한 번에 많은 공력이 모이자 사마수동의 주먹이 붉은색으로 변하면서 근육과 힘줄이 터질 듯 팽팽하게 돋아 올랐고, 주먹의 주위에 있던 대기가 찌그러 들며 아지랑이가 피어올랐다. 주먹에 모인 공력이 엄청난 열기를 발산하고 있었다.

밀려났던 괴인이 순식간에 사마수동의 면전으로 쇄도해 들어왔다.

슈아아악!

괴인의 주먹이 사마수동을 후려지는 순간, 픽 하고 꺼지듯이 사마수동이 사라졌다가 괴인의 좌측에서 나타났다.

"이 개자식! 죽엇!"

꾸아앙!

엄청난 공력이 모였던 주먹이 뻗어지면서 괴인의 얼굴을 후려쳤다.

엄청난 열기가 발산되며 주먹에 닿은 부분이 거대한 폭발을 일으켰다.

주먹에 맞은 괴인도, 공격한 사마수동도 폭발력을 이기지 못하고 반대방향으로 튕겨 나갔고, 폭발에 휩쓸린 그 일대가 터지면서 커다란 흔적을 남겼다.

"후욱… 후욱……."

사마수동의 입가에서 가느다란 실핏줄이 흘렀다.

수십 번이나 사용한 격공보와 모든 공력을 한 번에 쏟아내자 내상을 입은 것이었다.

주먹에 맞고 튕겨 나간 괴인은 실신한 듯 땅에 몸이 반쯤이나 처박혀 일어나지 못하고 있었지만, 사마수동으로서는 놀라울 다름이었다. 자신이 마지막에 뻗어낸 일권은 고작 실신 정도를 시킬 정도로 약한 위력이 아니었다.

비권, 열폭.

자신의 공력과 대기의 응축된 공기를 모아 터뜨리는 일권은 적중했을 때의 위력이 서너 배 이상에 달할 정도로 강한 것이었고, 정확히 얻어맞은 괴인은 분명 몸의 반쯤은 없어졌어야 했다.

"이거 완전 괴물 아냐? 어쨌든… 다행이다. 저걸 맞고도……."

극심한 피로에 숨을 내뱉던 사마수동은 자신을 향해 천천히 다가오는 병사 서너 명의 모습에 경악해 말을 이을 수가 없었다.

회색빛 눈동자에 창백한 피부를 가진 자들.

방금 전까지 싸운 괴인과 똑같은 모습이었다. 정말이지 말조차도 나오지 않았다.

"제기랄… 이것들은 도대체……."

쓰러진 괴인을 보며 잠시 멈추어 있던 서너 명의 병사는 사마수동을 향해 일제히 고개를 돌리고 천천히 다가왔다. 사마수동의 어금니가 부러질 정도로 앙다물어졌다.

더 이상 격공보를 사용할 만큼 공력이 남아 있질 않았다. 그리고 다시 괴물과도 같은 자들과 싸울 만큼 몸 상태가 좋지도 않았다.

"여기까진가?"

헛웃음이 나오는 사마수동이었다.

"크아아아……."

다가온 괴인의 주먹이 앉아 있던 사마수동의 얼굴을 향해 날아왔다.

주먹이 얼굴에 닿으려던 찰나, 갑자기 시야가 흐려지면서 몸이 붕 하고 떠오르는 느낌이 들었다.

괴인의 주먹은 허공을 때렸고, 사마수동의 몸은 순식간에 십 장을 벗어나 있었다.

"수동 형님!"

사마수동과 떨어져 조금 더 한왕 측을 조사하고 있던 한백과 적환이었다.

"너희들?"

"괜찮습니까? 조금 늦었습니다. 한왕 놈, 아무래도 위험한 놈들과 거래를 하고 있는 것 같습니다."

"예, 그쪽을 좀 더 파고들다가 늦었습니다. 성욱은 금의위와 함께 놈들을 따라갔습니다."

한백은 괴인과의 일전에서 정신을 잃어버린 황엄을 어깨에 둘러멘 채 사마수동을 향해 들어오는 공격을 막아내면서 말을 했다.

"형님, 아무래도 전세가 어렵습니다. 어림군의 과반수 이상이 목숨을 잃었습니다. 그리고 남아 있는 병력도 더 버티는 것은 불가능해 보입니다. 일단은 피하시는 게 좋겠습니다."

"그래, 일단 황엄 장군을 호위해서 후퇴하도록 하자. 일단 대주와 만난 후에 결정해야겠다."

슈아악!

　잠시 멈추어 있던 괴인들의 공격이 또다시 시작되었고, 적환과 한백은 사마수동과 혼절한 황엄을 부축해 최대 속도로 몸을 날렸고, 괴인들이 그 뒤를 쫓았다.
　격공보를 사용해 몸을 옮겼음에도 어느새 뒤를 잡히고 있었다.
　"뭐, 이런 것들이 다 있지?"
　엄청난 속도에 주위의 경물이 일그러지듯 세차게 지나갔고, 그들의 몸은 수십 장을 뛰어넘고 있었다. 하지만 각자 한 명씩의 무게를 더하고 있던 상황이라 금세 괴인들에게 따라잡힐 듯했다.
　"크르르……."
　괴인의 신형이 어느새 적환의 옆을 지나면서 팽이처럼 회전하면서 발길질을 해왔다.
　"제기랄!"
　몸 안의 내공을 총동원해서 경공을 시전한 터라 적환은 괴인의 발이 날아오는 것을 보면서도 쉽게 몸을 틀지 못했고, 사마수동을 어깨에 메고 있는 터라 힘이 부쳐 왔다.
　괴인의 뒤꿈치가 적환의 복부에 닿으려던 찰나, 적환은 사마수동을 위로 던지면서 신속하게 몸을 젖혀 가까스로 피했다. 괴인의 발이 젖혀진 적환의 가슴을 쓸며 얼굴을 지나쳤다.
　핏!

미처 완전히 다 피하지 못한 적환의 콧날에 괴인의 뒤꿈치가 스치고 지나갔다.

"커억!"

단지 스쳤음에도 각법에 실린 엄청난 속도와 힘 때문인지 적환의 몸이 뒤로 반 바퀴나 회전하면서 바닥에 떨어져 팅기듯이 굴렀다.

쿠당탕탕.

바닥에 떨어진 적환의 몸이 팅겨 나가듯이 굴렀고, 충격에 정신을 차리지 못하는 그의 위로 어느새 새로운 괴인의 주먹이 떨어져 내렸다. 그 모습에 황엄을 안고 있던 북궁우천이 인상을 쓰며 눈을 질끈 감았다.

삐이—익!

막 괴인의 주먹이 적환의 얼굴을 짓이기려는 찰나, 날카로운 휘파람 소리가 들렸고, 공격하던 괴인들이 신속하게 뒤로 물러나면서 자신들이 왔던 길로 순식간에 사라져 버렸다.

"꿀꺽……."

한백의 목으로 마른침이 넘어갔다.

정말로 적환이 죽는 줄 알았다. 괴인들이 사라져 버렸음에도 긴장이 풀리지 않아 손가락이 저려왔다. 멸마단에서 생활한 이후로 대주인 장영이 극도로 포악해졌을 때를 제외하고는 처음 느끼는 긴장감이었다.

"아, 적환!"

한백은 황엄을 바닥에 내려놓고 저려오는 손을 쥐었다 펴면서 호흡을 고르다가 쓰러진 적환을 향해 다가갔다. 적환의 얼굴은 코에서 흐른 피로 엉망진창의 모습이었다. 정타로 맞은 것이 아니라 살짝 스쳤는데도 코뼈가 깨져 나가면서 콧잔등이 길게 찢어져 버렸고, 상처에서는 피가 울컥울컥 솟아올랐다. 그뿐 아니라 상처의 주위가 금세 시커멓게 변하면서 썩어 들어가고 있었다.

"독?"

한백은 신속하게 안면의 혈도를 점하고 적환의 몸에 있는 모든 혈도를 막아버렸다. 그럼에도 중독된 독은 보통이 아닌 듯 막아놓은 혈도를 뚫고 들어가는 것처럼 경락이 거세게 터질 듯이 부풀어올랐다.

"이… 이런?"

독에 대한 기본 지식이 없는 한백은 을지마로로부터 배운 진독법(鎭毒法:독을 억눌러 놓는 방법)을 시술했음에도 오히려 독 기운이 막아놓은 혈 자리를 뚫고 올라오자 당황하기 시작했다.

"이… 이럴 땐 어떻게 해야 하지?"

한백은 적환의 혈도가 새알 크기만큼이나 부풀어오르자 다급해지기 시작했다. 조금이라도 지체하다가는 북궁우천의 혈도가 터져 나갈 것만 같았다.

"한백!"

　안절부절못하고 있는 그를 향해 적환이 던져 버렸던 사마수동이 다가왔다. 그 역시 무리하게 내공을 사용한 터라 속이 말이 아니었다.

“형님! 큰일났습니다. 적환이 중독이… 근데… 진독법을 사용해도 이 모양입니다.”

“음…….”

사마수동의 안색이 찌푸려졌다.

그도 역시 독에 관해서는 그다지 아는 것이 없었다.

“일단 독 기운을 조금 틔워놓아야겠다.”

“하지만 그렇게 하면 독 기운이…….”

“어쩔 수 없다. 그래도 목숨만 붙어 있으면 마로가 고칠 수 있을 것이다. 그때까지만이라도 살기를 바라야지.”

사마수동은 조금 창백해진 안색으로 적환의 혈도를 뚫기 시작했고, 그에 따라 혈 자리에 모여 있던 독 기운이 봇물이 터져 나가듯이 적환의 온몸으로 빠르게 퍼져 온몸에 검은 버섯 같은 문양이 생겨나기 시작했다.

“한백, 황엄과 적환은 내가 지키도록 하겠다. 그리고 어떻게 해서든지 살려놓겠다. 어서 가서 마로를 데려와라. 이곳에서 조금만 더 가면 석가장이다. 그곳에서 자금성에 있는 대주님께 기별을 넣어라. 혹여 대주님께서 오고 계실지도 모르니까 석가장의 성벽에 은어로 표식을 남기도록 해라.”

“알겠습니다. 그럼 그때까지만…….”

"걱정 마라. 적환이 녀석은 그리 쉽게 죽을 놈이 아니다."

"그럼."

한백은 벌써 온몸에 독이 퍼져 시꺼멓게 변해가는 적환을 보며 잠시 머뭇거리다가 사마수동에게 인사를 하고 숲 속으로 몸을 날렸다.

사마수동은 멀어져 가는 한백을 바라보고 있다가 누워 있는 적환과 황엄을 들어 몸을 숨길 수 있는 곳을 찾았다. 다행히 얼마 떨어지지 않은 곳에 사냥꾼들이 쉬던 작은 움막을 발견할 수 있었고, 그곳에 황엄과 적환을 놓고 수풀을 이용해 위장을 하고, 나뭇가지를 꽂아 간단한 환영진을 설치했다.

사마수동이 다시 적환의 곁으로 돌아왔을 때는 적환은 견딜 수 없는 고통에 신음성을 토해내면서 헐떡이고 있었고, 온몸이 축축이 젖어 있었다. 아마도 몸속의 독과 무던히도 싸우고 있는 모양이었다. 사마수동은 마음이 아팠다.

항상 무섭게 대하고, 사근거리는 말을 하지 않아서 그렇지 아마도 멸마단 이대의 무인들을 가장 사랑하고 아끼는 자는 바로 사마수동일 것이다.

사마수동은 조용히 적환의 단전에 손을 가져다 대었다.

"적환, 조금만 버텨라. 조금만 버티면, 분명히 대주님께서 살려주실 거다. 그때까지는 내가 너를 도와주겠다."

사마수동은 좌정한 채 적환의 단전에 자신의 진원지기를 쏟아넣기 시작했다.

　적환이 독 기운을 이겨낼 수 있도록 자신의 공력을 보태주려는 모양이었다. 그러기를 한참여의 시간이 지나고, 고통스러워하던 적환의 안색이 조금씩 진정되기 시작했다. 아마도 독 기운과 몸 안의 공력이 비등하게 변해면서 균형을 이루기 시작한 모양이었다. 사마수동의 이마에서는 쉴 새 없이 땀방울이 쏟아져 내렸다.

　그리고 그의 입가에 검은색을 띤 핏줄기가 흘러 내려왔고, 목 언저리로 적환과 비슷한 모양의 검은색 문양이 생겨났다.

　검은색의 문양은 사마수동의 팔에서부터 이어져 있었다.

　“후후… 나도 그때… 중독당한 것인가? 큭큭… 보기 좋게 당했군.”

　황엄을 지키기 위해 괴인과 싸웠던 그때 괴인이 뻗은 주먹을 양팔로 막았을 때가 생각났다. 그때를 제외하고는 놈의 공격에 한 번도 격중당하지 않았으니까.

　사마수동은 자신의 몸속에 느껴지는 강력한 독의 존재에 허탈한 미소를 지으면서도 적환에게 계속해서 자신의 진원지기를 쏟아 부었다.

第五章
석가장 전투 2

戰鬼
전귀

1

석가장은 거의 초토화가 되었다.

한왕이 이끄는 반란군은 황엄이 이끄는 이만의 어림군 선발대와의 전투에서 이긴 후 곧장 석가장을 치고 들어갔다.

석가장을 지키고 있던 어림군 일만은 목숨을 걸고 반군을 막아섰지만, 반군의 틈에 끼어 있던 회색 눈동자의 무인들에 의해 태반이 목숨을 잃었다. 회색 눈동자의 괴인들은 거침이 없었다. 칼도 창도 통하지 않았고, 거대한 쇠뇌 역시 가볍게 튕겨내었다.

"막아……."

퍼억!

허연 뇌수가 튀어 오르고, 막아서던 병사의 몸통이 그대로 튕겨져 나갔다. 죽어간 시체는 금세 시커먼 독에 썩어 들어가 악취를 풍겼다.

"절대 이곳을 뚫려서는 안 된다!"

석가장을 지키고 있던 무탁은 어림군을 지휘하면서 열심히 검을 휘둘러 다가오는 적병을 베어내고 있었다. 하지만 전세는 이미 반란군 측으로 기울었다. 얼마 되지 않는 병력으로 반군을 막아내기는 무리였다. 성벽은 이미 뚫린 지 오래였고, 살아남은 병력도 얼마 되지 않았다.

슈가악!

무탁 장군의 등 뒤로 무언가가 거세게 휘둘러졌다.

퍼억!

"큭!"

막으려 뻗은 검이 튕겨 나가고 가슴에 입은 철갑이 우그러들면서 지면에 처박혔다.

"크크크……."

회색빛 눈동자에 기분 나쁜 음성이 들렸다.

무탁은 다행히 몸을 보호하고 있던 갑주로 인해 목숨을 잃지는 않았으나 찌그러진 흉갑이 가슴께를 짓눌러 대자 무척이나 고통스러웠다.

"젠장……."

이미 석가장은 괴멸되었다. 어림군의 대부분도 목숨을 잃었고, 남은 것은 무탁을 비롯해 백여 명 남짓에 불과했다.

"이대로 끝이란 말인가……."

한왕의 반란군에 의해 포위된 무탁과 백여 명의 어림군은 자신들을 둘러싼 반란군과 회색빛 눈동자를 한 괴인에 의해 전의마저 상실했다.

회색빛 눈동자의 괴물은 공포, 그 자체였다.

생명을 말살시키기 위해 만들어진 살육 병기 같았다.

살아남은 자들을 향해 회색 눈의 괴물이 천천히 다가왔고, 백여 명 남짓의 어림군은 겁에 질려 뒷걸음치고 있었다.

"조금 늦었군……."

높낮이 없는 목소리가 격전장을 조용하게 울렸다.

작게 소곤거리는 듯한 크기였는데도 반란군과 무탁의 귓가에 무척이나 또렷하게 들려왔다.

"그, 그대는?"

무탁은 목소리가 들리는 방향으로 고개를 돌렸고, 그곳에는 안도감이 들게 해주는 한 명의 무인이 서 있었다.

전신 광풍창!

하북에서 한왕의 반란군 사십만을 막아 홀로 북문을 지켰던 사내.

그가 검은색의 창을 비껴들고 석가장의 가장 높은 성곽 위에 흑삼 자락과 머릿결을 휘날리면서 서 있었다.

"장 무사!"

"흐흠… 황 영감은 어디 있지?"

장영은 격전장에서 황엄이 보이질 않자 무탁을 향해 나직하게 물었다.

"좌도독께서는… 아마도…….”

반란군을 맞아 형태현으로 나갔던 황엄이 아직 돌아오지 않았으나 한왕의 반란군이 석가장을 공격한 것을 보면 황엄은 이미 죽었을 것이라고 무탁은 생각했다.

"그랬군. 그렇다면 아직 수동 일행은 합류하지 않은 것 같군. 그런데… 저것들은 뭐지?"

가만히 고개를 끄덕이던 장영이 엉거주춤한 자세로 자신을 바라보고 있는 회색 눈동자의 괴인을 향해 물었다.

"모르겠소. 정말 괴물 같은 자들이오. 칼도 창도 그들에겐 아무런 소용이 없었으니까…….”

"재미있군. 죽은 자들이라…….”

"에? 죽은?"

무탁의 놀람에 장영은 천천히 성곽에서 내려섰다.

"크르륵…….”

괴인들은 장영이 풍기는 기세에 반응한 듯 인상을 찡그리면서 긴장하고 있었다.

장영이 무표정한 얼굴로 무탁의 앞으로 나서면서 천천히 자신의 기세를 끌어올렸다.

후아아악!

기의 폭풍이 엄청난 바람을 일으키면서 장영에게서 쏟아
져 나오기 시작했다.

회색빛 눈동자의 괴인도, 미친 듯이 공격해 오던 반란군들
도 모두가 움직임이 정지한 듯이 장영을 바라보고 있었다.

"네놈은 누구냐!"

반란군의 선두에 있던 한 무장이 장영을 향해 물었다. 지금
석가장을 포위해 들어온 반란군의 수만도 일만 오천이 넘는
수였고, 한왕이 어디선가 데려온 괴물 같은 무인들도 넷이나
있었다. 그런데 그들 모두가 장영이 뿜어내는 기세로 인해 일
순간 정지해 버린 것이었다.

그것은 무인들이 내뿜는 공력이나 살기 같은 것이 아니라
존재감이었다. 석가장 일대가 장영이라는 자의 광포한 존재
감으로 가득 차올랐다.

"나? 내 이름은……."

슈아악!

살짝 미소 짓고 있던 장영이 꺼지듯이 사라졌다.

"장영이라고 하지."

뿌가가각!

사라졌던 장영의 모습이 무려 오 장여나 떨어진 반란군의
선두에 나타나면서 창을 휘둘렀고, 장영의 정체를 물었던 자
는 눈도 깜짝하지 못한 채 옆구리가 반으로 접혔다.

“모조리 죽여주마.”

씨이익.

장영의 입가에 살기 어린 미소가 생겨나면서 그의 신형이 흐릿해지면서 사라져 버렸다.

뿌가각! 퍼억! 뻐벅!

공간을 이동하듯 장영의 신형이 반란군의 이곳저곳에서 나타나기 시작했고, 언뜻 장영이 나타날 때마다 십여 명의 병사가 쓰러졌다.

“지충격(地衝擊)!”

콰아아아아.

창이 대지를 후려치자 거대한 땅이 거대한 비명을 지르면서 터져 올랐다. 돌 부스러기와 흙더미들은 가공할 기세를 품고 지면으로부터 빛살처럼 솟구쳤고, 그 위에 서 있던 반란군의 몸에 수십여 개의 구멍이 뚫리면서 즉사해 버렸다. 단 한 수에 수십여 명이 목숨을 잃었다.

푹!

장영이 땅을 박차고 하늘로 솟구쳐 올랐다.

“와류선창, 흑우(黑雨)!”

그의 창이 거대한 원을 그리면서 휘둘러졌고, 시꺼먼 구름이 모이듯이 검은 기운이 안개처럼 퍼져 나왔다가 수백 개의 강기 다발이 비처럼 대지로 떨어져 내렸다.

쏴아아아아!

　반경 십 장여의 공간에 촘촘하게 떨어져 내린 강기는 땅 위에 있는 모든 것을 꿰뚫었다.

　가공할 일격을 선보인 장영이 지면으로 내려와 반란군을 쳐다보았다. 그의 주위로 폐허가 된 공터가 생겨났고, 마치 세상의 흐름이 정지한 것처럼 멈추어져 버렸다.

　"크으으으……."

　장영의 뒤로 회색 눈동자의 괴인들이 다가왔다.

　"네놈들… 뭐 하는 놈들이지?"

　장영의 인상이 찡그려졌다. 그들에게서는 사람에게 있어야 할 생기가 느껴지지 않았다.

　"죽어 있는 자들… 강시였군. 네놈들."

　"크카카카!"

　별안간 엄청난 속도로 괴인들이 움직였다.

　"응?"

　괴인들의 예상치 못한 속도에 장영의 눈 사이가 찡그려졌다. 움직였다는 느낌이 듦과 동시에 정면으로 파고들어 왔다.

　투캉!

　"큭!"

　괴인의 주먹이 장영의 얼굴을 향해 날아들었고, 장영이 막은 창과 부딪치면서 불꽃이 튀어 오르며 장영의 신형이 한참이나 뒤로 밀려 나갔다.

　"이… 큭!"

뻐걱!

반응하기조차 힘든 속도로 치고 들어오는 괴인의 주먹의 주먹에 장영의 얼굴이 반이나 돌아가 버렸다. 엄청난 속도였다. 미처 격공보를 사용할 기회조차 잡지를 못했다. 장영이 몸을 바로 세우기도 전에 또다시 좌우에서 괴인의 주먹과 발이 뻗어들어 왔다.

"으아압!"

장영이 허리가 뒤로 접힌 그대로 창끝을 잡고 원을 그리듯 휘둘러 괴인들을 후려쳤다.

퍼버벅!

불과 눈 깜짝할 사이에 서너 번의 공방이 일어나고 서로의 몸이 떨어져 나갔다.

장영이 어금니를 으드득거리면서 깨물었다.

이제껏 무림맹에서 임무를 수행하면서 강시와 싸운 적이 없었던 것은 아니다. 하지만 이 정도의 속도와 파괴력은 처음이었다.

"네놈들… 재미있군. 큭큭큭."

장영이 고개를 숙인 채 큭큭대기 시작했다.

공헌현비를 만나고, 과거에 대해서 알게 된 이후로 많은 부분에서 변했던 장영이지만, 또다시 몸을 찌릿찌릿하게 만들 정도로 느껴지는 상대의 투기에 전장의 악귀의 모습으로 다시 변해가고 있었다.

대기마저도 바꾸어 버릴 것 같은 스산한 기세가 장영의 몸에서 뻗어 나왔다.

"잔영난타!"

장영의 몸이 사라졌다.

풋!

빠바바박!

순간 수십 개의 창날이 괴인들의 몸을 때리며 장영과 괴인들의 모습이 사라져 버렸다. 간간이 창대와 괴인들의 공격이 부딪치는 소리와 지면을 박찰 때마다 피어오르는 먼지로 격전장이 가득 찼다.

장영의 이마에서 땀방울이 흘러내리기 시작했다.

하지만 아무리 창으로 두들겨 대도 마치 굳건히 닫힌 철문처럼 괴인들은 끄떡도 하지 않았다. 장영의 공격은 괴인들의 신형을 밀어낼 수는 있었지만, 아무런 타격도 주지 못하고 있었다.

2

"뭐라! 혈교가?"

"예, 아버님."

안휘성의 남궁세가에서는 또다시 무거운 기운이 흘렀다.

다행히 흑룡성과의 일전에서 승리해 잠시 휴전 상태를 유지하고 있던 남궁세가로 날아온 한 장의 비보.

그것은 바로 팽가가 공격을 받았다는 소식이었다.

하북에 터를 잡고 살아온 팽가가 혈교의 공격을 받고 세가가 불타 버렸다고 한다. 더구나 팽가주인 팽철환은 심각한 부상을 입고 도주 중이었으며, 현재 천진에 있는 패주 근처의 야산으로 몸을 피했다고 했으나 아직 정확한 위치가 파악되지 않고 있었다.

"갑자기 혈교라니 그게 무슨 소린가? 더구나 하북이면 혈교의 세가 뻗어진 사천에서도 꽤나 멀리 떨어진 거리가 아닌가?"

남궁창천은 얼마 전 세가주가 되어 무림에 검협이라는 무림명으로 명성을 떨치고 있는 남궁가휘를 향해 물었다.

"그렇습니다. 사천에서 하북까지의 거리가 짧지 않거늘……."

"현재 황보가에서 팽가를 구원하기 위해 백귀대 일백을 보냈다고 합니다."

"그래? 결국 그들이 움직였군."

백귀대는 과거 무림맹의 백귀단으로 활동하던 무인들이었다. 무림맹이 거의 해체되다시피 하면서 백귀단주였던 황보편성을 따라 백귀단 전체가 황보세가로 들어가 황보세가의 주력 무력 단체가 된 것이었다.

"아버님, 아무래도 저희 쪽에서도 구원을 위한 무인들을 보내야 하지 않겠습니까?”

“구원을 할 무인?”

“예. 하북 지역에는 현재 황보세가밖에 없습니다. 더구나 천진 지역이라면 저희 남궁세가가 가장 가깝지 않습니까?”

“으음… 하지만 지금은 흑룡성이 호시탐탐 이곳을 노리고 있지 않느냐?”

흑룡성의 무인들을 생각하면서 남궁창천이 어두운 안색으로 고개를 저었다.

“그쪽은 괜찮습니다. 일단 세가에는 큰숙부와 작은숙부도 있고, 빙궁의 설 숙부도 계시니까요. 더구나 만약에 팽가가 멸문당하고, 하북이 저들의 손에 넘어간다면 중원의 동쪽까지도 정파의 무림이 있을 곳이 없어집니다.”

“그건……”

“제가 다녀오겠습니다. 설 숙부도 현옥검대 일백을 지원해 주기로 했습니다.”

“좋다. 그렇다면 최대한 빨리 팽가의 인물들을 구하고, 돌아오도록 해라. 혈교의 세력이 완전히 드러나지 않은 이상 섣불리 자극할 생각하지 말고.”

“알겠습니다.”

*　　　*　　　*

팽가의 무인들은 완전히 지쳐 있었다.

생각지도 못했던 혈교의 공격에 무인의 대부분이 부상을 당한 채 세가를 버리고 패주현까지 도망쳐 왔다.

팽철환은 적들과의 싸움에서 심각한 부상을 입어 목숨이 경각에 달해 있었고, 대부분의 살아남은 이들은 이미 전의마저 잃어버렸다.

"괜찮으십니까?"

스무 살 남짓의 소가주 팽무광이 가슴에 기다란 상처를 입은 아비인 팽철환에게 걱정스러운 표정으로 다가갔다.

"쿨럭… 괜찮다, 광아. 걱정 마라."

붕대로 묶어둔 가슴에서 피가 배어 나왔다.

지독히도 당한 모양이었다. 몸속이 완전히 엉망이었다.

"아버님……."

"걱정 마라. 이대로 무너질 내가 아니다."

팽철환은 누운 채로 각혈을 하면서도 애써 미소를 띠며 자신의 아들을 머리를 쓰다듬어 주었다.

갑자기 공격해 온 혈교로 인해 삼백여 년 동안 지켜온 팽가의 역사가 무너져 버린 것이었다. 혈교의 무리들은 너무도 강했다. 붉은 혈의를 입은 무인들도 강했지만, 공포스러운 회색빛 눈동자를 가진 열 명의 무인은 사람 같지도 않은 공력을 가지고 있었다.

불과 세 시진 만에 팽가가 무너져 내렸다.

오백여 명의 무사가 단 열 명을 버텨내지 못하고 전멸에 가까운 타격을 입은 것이었다.

"아버님, 조금만 버티시면 됩니다. 곧 천진으로 들어가면 남궁가의 대해표국과 연락이 닿을 수 있습니다. 그때까지만……."

팽무광은 눈물이 나오는 것을 집어삼켰다.

무척이나 강했던 자신의 아비였다. 자신의 우상이었고, 닮고자 했던 무인이었던 아비가 지금 이 순간 너무도 나약한 모습으로 누워 있는 것이었다.

"오냐… 알았다. 조금 쉬고 싶구나……."

"예… 아버님."

팽철환은 가만히 눈을 감았고, 팽무광은 아비가 잠이 들자 조용히 자리를 빠져나왔다.

팽가의 가솔들이 모여 있던 곳이 조금 시끌시끌해져 있었다.

"무슨 일이지?"

팽무광은 얼마 전까지도 침울했던 세가의 식솔들이 웅성대고 있자 궁금해하면서 다가갔다.

그곳에는 무척이나 익숙한 복장의 무인이 세가의 식솔들에 둘러싸여 있었다. 무인은 막 도착했는지 이마에서 땀을 흘리며 세가의 사람들을 향해 미소를 짓고 있었다.

“아니? 저 복장은?”

무인은 백색의 무복에 중원의 여느 무인들과는 달리 등에 활을 메고 있었다. 드넓은 강호에서 백색 무복에 활을 가지고 다니는 무인은 자신이 알기로는 황보세가의 백귀단 무인밖에 없었다.

팽무광이 다가오자 황보세가의 무인은 주위를 물리면서 팽무광을 향해 포권을 했다.

“황보세가의 백귀대 소속 금무성이라고 합니다.”

“오오… 황보세가가… 어서 오십시오.”

팽무광은 황보세가에서 왔다는 무사의 말에 무척이나 반가움을 표했다.

“얼마나 고초가 크셨습니까?”

“별말씀을……”

“그나저나 팽가가 이리 당하다니, 어찌 된 일입니까?”

“크으… 놈들은 많은 준비를 하고 있었습니다. 어쩌면 우리는 속고 있었던 것인지 모르겠습니다.”

“예? 무슨 말씀?”

“중원혈겁과 관련된 모든 것의 원인은 아마도 혈교가 아닐까 하고 생각합니다.”

“예에?”

“중원혈겁 당시 나타났던 괴인들은 혈교 놈들이 만들어낸 것이었습니다. 치가 떨릴 정도로 강한 자들이더군요. 아마도

강시인 듯했습니다."

"강시!"

"예… 처음에 혈교의 무리들이 쳐들어왔을 때만 해도 우습
게 생각했지요. 그런데 오산이었고, 자만심이었습니다. 아버
님이 잠시 출타하셨던 터였지만, 충분히 막아낼 수 있다 여겼
지요. 혈교의 무리들은 강하더군요. 팽가의 무인 수십 명이
순식간에 도륙을 당했습니다. 다행히 한 숙부께서 나서주셔
서 막아내긴 했습니다만……."

"한 숙부라면? 혹시 중원일권 한선광 대협을 말씀하시는?"

"그렇습니다. 오대권사의 일인이신 한 숙부께서 그때 저희
세가에 계셨지요."

"그런데 어찌? 한 대협께서 계셨음에도 혈교에게 이리 당
하셨단 말입니까?"

"아닙니다. 처음에 한 숙부께서 나서주셨을 때만 해도 혈
교의 무리들은 상대조차 되지 않았지요."

"그런데……."

"그때 그들이 나타났습니다."

팽무광이 오한이라도 든 듯이 몸을 떨기 시작했다. 기억 속
에 남아 있는 공포 때문인 것 같았다. 무엇이 그를 그리도 공
포에 빠지게 만들었단 말인가?

"그들은 강했습니다. 한 숙부께서는 제대로 힘 한 번 못 쓰
고 당하셨습니다."

“그럼?”

“예… 돌아가셨습니다.”

“그런……”

“한 숙부뿐만이 아닙니다. 팽가가 자랑하던 오호도객이 힘 한 번 못 썼습니다.”

“오호도객이? 그자들이 그리 강하단 말입니까?”

팽가의 오호도객.

오호단문도를 익힌 팽가의 절대도객이라 불리는 이들이었다. 거의 최강의 무위를 가진 자들이었고, 전 무림에 있어서도 그들의 도법은 가히 절정이라고 할 만큼이나 유명했다.

“그들뿐이 아닙니다. 아버님조차 그들의 일권을 받아내지 못했으니까요.”

팽무광의 표정이 침울해졌다.

“으음……”

보통 일이 아니었다.

혈교의 무리들이 그 정도로 강하다면 나머지 오가회의 세력에도 엄청난 위협이 되는 일이었기 때문이다.

이미 팽가는 하북에서의 세를 잃어버렸다.

대다수의 무인을 잃은 팽가가 다시 하북에서 힘을 발휘하는 것은 불가능했고, 오가회에서의 입지도 거의 유명무실해진 것이었다. 자신이 도착해서 본 팽가의 모습은 회생불능의 상처를 입은 호랑이에 불과했다.

백귀단은 두 가지 목적을 가지고 팽가를 구하러 온 것이다.

하나는 팽가의 무사생환을 위함도 있었지만, 나머지 하나는 앞으로 팽가가 얼마나 많은 도움이 될 것인가를 파악하는 것도 중요했다.

최근 들어 북해빙궁과의 혼약과 혜성처럼 등장한 검협으로 인해 오가회의 수장이 된 남궁세가는 점점 더 그 세를 불리고 있었다. 얼마 전까지만 해도 오가회의 회주 격이자 가장 큰 세력을 보유하고 있던 팽가가 무너졌으니 오가회에서는 거의 독보적이라고 해도 과언이 아니었다.

하지만 황보세가는 아직 그다지 강하질 못했다.

거대해진 남궁세가의 힘과 비등해지려면 팽가를 흡수해야만 했다.

하지만 그 힘이 그다지 크지 않은 경우에는 불필요한 희생을 하지 말고 돌아오라는 명령을 받은 터였다.

그런데 팽가의 무리들에게서 듣게 된 혈교의 힘.

그리고 무너져 버린 팽가의 모습.

금무성은 쉽사리 판단을 내릴 수가 없었다.

"일단은 저희가 뫼시겠습니다. 가주께서는 아직 몸이 성치 않으시니 소가주께서 결정해 주시지요. 일단 저희 대주님이신 황보편승님이 근처에서 팽가를 호위하고 계십니다."

"오, 황보편승 대주께서? 감사합니다. 오늘의 호의는 절대 잊지 않겠습니다."

“아닙니다. 무림오대세가가 서로 돕지 않으면 누가 돕는단 말입니까?”

금무성은 호기롭게 팽무광을 향해 웃었다.

“일단 저는 돌아갔다가 대주님을 모시고 다시 오겠습니다.”

금무성은 팽무광에게 고개를 숙여 인사하고 자리에서 일어났다.

*　　　*　　　*

“휴우… 아직 패주까지는 멀었나?”

남궁가휘는 방립을 들어 앞쪽을 바라보았다.

“가주, 조금 더 가면 패주입니다. 아마 한 시진 정도 더 걸릴 것 같습니다.”

창궁칠수 중 하나인 파현우가 대답했다.

“그래, 다 왔군. 그나저나 석가장 쪽에서 싸움이 일어났다고 하던데…….”

“예, 한왕이 또다시 반란을 일으킨 모양입니다. 피난민들에 따르면 석가장도 거의 무너져 내렸다고 하더군요.”

“그랬군. 황상 폐하께서 몸이 좋지 않으시다고 하던데. 큰일이구만.”

“어차피 황가의 싸움. 저희들과는 상관없는 일 아닙니까?

더구나 문을 숭상하는 현 황제보다는 무를 숭상하는 한왕이
황제 위를 받는 것이 저희들에게는 좀 더 이득이기도 하구
요.”
“그렇겠지…….”
남궁가휘는 멀리 하늘을 쳐다보았다.
또다시 장영의 얼굴이 떠올랐다.
지난 한왕의 반란 때도 그와 함께했었다, 지금 그가 서 있
는 곳에서 얼마 떨어지지 않은 하북성을 지키면서.

3

파아앙!
검은 창이 수십 개의 환영을 일으키면서 괴인의 몸을 쉬지
도 않고 두들겼다.
빠바박!
네 명이나 되는 괴인은 감히 장영의 곁으로 다가설 수가 없
었다.
장영이 휘둘러 대는 창의 영역은 주변을 가득 채우고 있었
고, 섣불리 다가설 수조차 없게 만들었다.
과히 폭풍의 회오리처럼 주변의 모든 것을 쓸어가 버리는
듯했다.
창대가 일으킨 풍압은 거센 바람을 일으켰고, 영역 안의 모

든 것을 집어삼켰다.

장영은 장영 나름대로 슬슬 짜증이 밀려오기 시작했다.

벌써 세 시진 이상이나 괴인들의 몸을 두들겼지만, 괴인들은 상처를 입기는커녕 처음과 그다지 달라진 게 없어 보였다.

여전히 재빠른 움직임으로 자신을 향해 공격해 왔고, 창대가 두들겨대도 가끔씩 얻어맞고 쓰러졌다가는 금세 다시 일어났다.

'지독한 놈들이군. 역시나 보통의 방법으로는 안 되나?'

뿌아아악!

장영이 창대의 끝 부분을 잡고 크게 휘둘러 괴인들을 후려쳐 자신에게 멀찍하게 밀어내어 버렸다.

"이 자식들, 어디 얼마나 버티는지 두고 보자."

괴인들을 막대한 힘으로 밀어버린 장영은 자신의 흑창을 바닥에 거꾸로 꽂아 넣었고, 광포한 기운을 끌어올리기 시작했다.

츠츠츠츠.

거대한 기운에 대기가 떨리듯이 공명했다.

장영의 입가에서는 새하얀 송곳니가 돋아 나왔고, 머리칼이 빳빳하게 솟아오르면서 붉은빛을 띠기 시작했다.

"크르르르……."

짐승과도 같은 울음성을 내면서 변해 버린 장영은 두 손을 바닥에 댄 채로 괴인들을 노려보았다. 두 눈에서 짙은 혈광이 쏟아져 나오면서 야수와 같은 투기가 흘러나왔다.

"저… 저……!"

무탁은 장영과 괴인들의 싸움을 넋 놓고 쳐다보고 있다가 짐승처럼 변해가는 장영의 모습에 놀라서 입을 다물지 못했다.

한왕의 반란군과 어림군은 혹여 그들의 싸움에 휩쓸리까 하여 병력을 물리고 사태를 관망하고 있는 중이었다. 장영의 무위는 사람이라고 하기에는 믿기지 않을 정도로 강력했다. 뿐만 아니라 그의 모습이 붉은색의 야수처럼 변하자 그의 주위를 감싸고 있던 대기의 흐름이 변해 버렸다.

칼날 같은 기운이 사방을 가득 채워 조금이라도 다가서면 기세에 난자당할 것만 같은 기분이었다.

"크르르르르……."

장영이 낮고 굵게 으르렁거리면서 괴인들의 주위를 돌았다.

파악!

일순간 땅을 박차면서 흙이 튀어 올랐고, 장영의 신형이 흐릿해졌다.

뻐어억!

언제 움직였는지 우측에 있던 괴인의 목이 장영의 손에 맞고 꺾어졌다.

엄청나게 빠른 움직임이었다. 그가 있던 곳에서 아직 잔상조차 사라지지 않았는데, 순식간에 괴인들을 치고 들어가 자신의 주먹을 꽂아 넣고 있지 않은가?

투카카캉!

이제껏 장영의 공격에 아무런 반응이 없던 괴인이 단 한 방에 목이 꺾어져 버렸다. 사람이었다면 꺾어진 각도를 보았을 때 이미 경추가 부러져서 절명했을 모습이었다.

"저… 저……."

무탁은 다음에 이어진 상황에 말이 나오질 않았다.

경추가 부러져서 목이 꺾어져 나간 상태임에도 괴인이 천천히 일어서고 있었다. 목이 꺾여 덜렁거리는 머리를 양손으로 잡아 다시 맞추어 넣는 모습은 괴기스럽기까지 했다.

"크크크… 크아앙!"

괴인의 모습에 음산한 웃음을 흘리던 장영이 순식간에 괴인들을 쇄도해 들어가기 시작했다.

슈가가악!

장영의 손가락에서 자라난 기다란 발톱은 괴인들의 몸을 스치면서 쇠가 갈려 나가는 듯한 소음을 일으켰다. 그의 모습은 점점 더 변해가고 있었다.

처음에는 인간의 모습에 짐승의 기운을 발산하는 정도였
고, 교주와 싸울 때는 송곳니를 드러냈다면, 이제는 그 앞발
톱이 생겨나고, 검었던 머리는 붉은빛을 띠고 있었다.

"크르르르……"

흡사 호랑이와 같은 얼굴로 변해 버린 장영의 얼굴에 보일
듯 말 듯한 미소가 어렸다.

'효과가 없지는 않군.'

그랬다. 이제껏 칼이나 창에도 아무렇지 않았던 괴인들의
몸에 미세하게나마 손톱자국이 생겨났다. 괴인들의 몸에 피
가 흐르지 않아 손톱이 할퀴고 지나간 자리가 붉은빛을 띠지
는 않았지만, 장영을 알 수 있었다. 분명 잘려져 나갔다.

하지만 괴인들은 그러한 사실을 느끼지 못하는 듯 장영을
향해 처음과 전혀 변함없는 속도로 공격을 해오고 있었다.

퍽! 콰콱!

서로가 일진일퇴를 반복하듯이 괴인들이 공격하면 장영은
날아오는 주먹을 맞받아쳐 내며 튕겨냄과 동시에 공격했다.
한 명의 괴인이 튕겨 나가면 또 다른 괴인이 공격해 왔다.

온몸을 야수화한 장영은 눈에선 광포한 눈빛과 함께 알 수
없는 희열이 느껴졌다.

창을 들고 적들을 베어낼 때는 무림의 여느 절정고수들마
냥 강기를 뿜어내고 와류선창이라는 독보적인 창술을 구사하
며 움직이는 장영이었지만, 근래에 들어서 점차 자신의 능력

에 대한 각성을 하고 있는 장영은 오로지 육체적인 힘만으로
싸울 수 있게 되었다.

아마도 그것은 얼마 전 마교에서 독고진악과 싸울 때 처음
느낀 힘이었으리라.

순수한 근력의 힘만으로도 절정의 내공을 익힌 마교주보
다 빠른 움직임을 보일 수 있었고, 권각술만으로 그가 뿜어낸
강기를 찢어버릴 정도로 강력한 외공을 가지게 되었다.

지금 이 순간 장영과 마주 싸우는 이들은 강시. 그들 역시
몸 안에 내공이란 것은 없다.

오로지 육체에 부여된 힘만을 사용하여 싸우고 있는 것이
었다.

지금의 전장터는 사람이 아니라 인간의 능력을 초월한 두
마리의 괴물이 싸우는 장소가 되어버렸다.

"크아아앙!"

거칠게 울음을 토해내며 장영의 주먹이 괴인의 턱 언저리
에 틀어박혔다.

콰직!

처음으로 제대로 된 파열음이 들려왔다.

얻어맞은 괴인의 턱뼈가 바스라지면서 몸이 뒤쪽으로 떠
올랐고, 장영이 순식간에 튀어 올라 무릎으로 괴인의 복부를
그대로 찍어눌렀다.

퍼어억!

무언가가 부서지듯이 땅바닥에 패대기쳐진 괴인.

그러나 장영은 공격을 멈추지 않았다. 바닥에 떨어진 괴인의 복부를 향해 수십 번의 권격을 박아 넣었다.

빠바바박!

서서히 한 명의 괴인이 장영의 주먹에 의해 고기 조각마냥 다져지기 시작했다. 몸을 구성하고 있던 뼈마디가 부서지면서 기괴한 소리를 내기 시작했다.

슈아악! 퍼억!

괴인을 공격하던 장영을 향해 또 다른 괴인의 발이 날아왔다. 장영이 허리를 뒤로 접어 괴인의 발을 피해내면서 몸통을 향해 긁어내듯이 손을 휘두르자 괴인의 다리에 미세한 상처가 생겨났다.

좌악! 좌악! 좌악!

팽이처럼 회전하듯이 장영의 손이 괴인의 몸을 훑었다.

빠각!

장영의 선풍각이 괴인의 목 언저리에 틀어박혔다.

무탁은 할 말을 잃었다.

이것이 정녕 인간의 싸움이란 말인가? 멋들어진 모습도 아니었다. 마치 한 마리의 호랑이가 여러 마리의 늑대와 싸우는 모습을 보고 있는 것만 같았다.

"굉장하죠?"

"응?"

누군가 멍하니 장영의 싸우는 모습을 지켜보고 있던 자신에게로 다가왔다.

창백한 모습에 퀭한 눈을 가진 사내.

"을지마로라 합니다. 저기서 싸우고 계신 분의 수하죠. 그리 경계하지 않으셔도 됩니다."

언제 다가왔는지 모르게 자신에게 말을 건네고 있는 을지마로의 모습에 검병에 손을 가져가던 무탁은 장영의 수하라는 말에 안도했지만, 잔뜩 긴장한 상태였다.

"상처를 보여주시죠."

무뚝뚝하기 그지없는 음성으로 자신의 몸에 입혀진 흉갑을 향해 손을 가져다 대는 을지마로의 모습에 흠칫하면서 몸을 빼려 했지만, 어느새 자신의 흉갑은 벗겨져 나가고 있었다.

"괜찮습니다. 의원입니다."

"의원?"

"시체를 보니 혈화독에 중독되었더군요. 아마도 혈화독의 특성상 상처 부위로 전염될 가능성이 큽니다. 흉갑이 이 정도로 찌그러들었다면 필시 독이 침투했을 것입니다."

"독?"

전율스러울 정도로 강력한 장영과 괴인의 싸움을 보고 있느라 아픔을 느끼지 못했지만, 무탁의 흉갑은 흉하게 찌그러

져 있었다. 찌그러진 흉갑은 가슴을 파고들어 흉갑 안쪽에 덧
대어 입고 있던 천을 찢으면서 상처를 만들었는지 피가 흘러
내리고 있었다. 을지마로는 자신의 작은 소도로 옷감을 찢어
내면서 가슴 부위를 풀어헤쳤다.

"다행히 중독되지는 않았군요. 일단 지혈을 하고 금창약을
발랐지만, 갈비뼈가 서너 대는 깨어져 나갔군요. 절대 무리해
서 움직이셔는 안 됩니다. 잘못하다가는 부서진 갈비뼈가 폐
라도 찌르는 날에는 그대로 즉사하실 테니……."

을지마로의 응급처지는 무척이나 신속했다. 가슴을 풀어
헤치는가 싶더니 벌써 치료를 끝내놓고 있었다.

'대… 대단하다. 이런 의원이 있다니?

을지마로의 치료는 무척이나 숙달되어 보였다. 마치 전쟁
터에서 살아온 의원들처럼 필요한 만큼의 적절한 응급처치를
취하고 있었다.

"환자들을 모아주십시오. 잘못하다가는 모조리 죽을 수도
있으니까."

"아, 알겠네."

무탁은 어느새 자신을 치료하고 난 뒤 옆에 있던 서너 명의
부상자의 몸을 치료한 을지마로의 손놀림에 놀라면서 주위에
쓰러진 부상자들을 모으기 시작했다.

한편 장영과 괴인들의 싸움은 거의 막바지로 치닫고 있

었다.

거의 반나절이나 될 시간 동안이나 계속된 싸움이었다. 지치지도 않고 서로를 향해 엄청난 속도로 움직이면서 공격하기를 수십여 차례였다.

장영이나 괴인들이나 괴물 같기는 마찬가지였다. 싸우고 있는 이들보다 오히려 바라보고 있는 한왕 측이나 어림군 측이 서서히 지쳐 가고 있었다.

창검이나 검기, 심지어 강기에도 꿈쩍 안 하던 괴인들의 몸은 완전히 너덜너덜해져 있었다. 육신을 버티고 있던 뼈마디가 완전히 으깨져 버린 듯한 괴인, 턱뼈가 바스러져 나가 덜렁거리고, 복부가 갈가리 찢겨져 살갗이 너덜너덜해져 근육과 뼈가 보였음에도 피 한 방울 흐르지 않았다. 되레 찢어진 곳에서 시꺼먼 독무가 꾸역꾸역 흘러나와 살갗이 녹아내리고 있었다.

너무도 처참한 모습에 바라보고 있기만 해도 토악질이 올라왔다.

그들과 싸웠던 장영 또한 무사하지는 못했다.

온몸은 상처투성이였고, 강력하던 두 주먹이 터져 나가 피가 흘러내렸고, 날카롭게 자라났던 손톱 아래는 온통 피투성이로 변해 있었다. 그러나 입가로 돋아 오른 송곳니와 붉은 안광을 토해내는 두 눈은 여전히 그 빛을 잃지 않았다.

"크르르르……."

무언가 마음에 들지 않았음일까. 장영은 괴인들을 위협하듯이 낮고 강하게 으르렁거리면서 송곳니를 드러내고 있었다.

'놀랍군. 저놈은 도대체 누구지?'

한왕 측에서 격전장을 바라보고 있던 무인이 날카로운 눈을 빛내면서 한쪽 입술을 지그시 깨물었다.

혈교로부터 이번 반란을 위해 지원받은 독강시는 총 네 구였다.

네 구의 독강시는 충분히 임무를 수행하였고, 이제 자금성만 휘저어놓으면 되었다. 당초의 예상보다 반란군의 수가 무척이나 적었지만 그런 것은 전혀 문제가 되지 않았다. 외공 위주의 삼류 무공을 익히고 있는 병력으로는 독강시를 막아낼 수가 없었다. 더구나 혈교와 흑룡성으로 인해 위협을 받고 있는 정파가 어림군을 도울 수도 없는 상황이었다.

이제 자금성에 들어가 난동만 피우고, 자금성으로 침투한 하만이 주첨기의 목을 따면 이미 이지를 상실한 한왕을 보위에 올리고, 카라코람에 대기하고 있는 달단의 전사들만 몰고 오면 모든 것이 계획대로 이루어질 것만 같았다.

그런데 이 세상에 상대할 것이 없을 거라 생각했던 독강시 네 구를 완벽하게 짓이겨 놓을 수 있는 인간이 존재할 것이라고는 생각지 못했다.

철저히 박살이 나버렸다.

아직 움직일 수는 있었지만, 독강시의 상태로 보았을 때 전투 능력은 거의 상실했다고 봐도 좋았다. 더구나 거의 반나절 이상 동안이나 쉬지 않고 싸웠으니 그 수명도 다되어갔다.

과거 사천당가에서 만들어내었던 독강시는 당시의 가주였던 당천악이 스스로의 몸에 시전했기 때문에 독강시를 만들어낼 때 사용하는 혈화독에 대한 내성이 있었다.

하지만 뇌에까지 독성이 영향을 미쳐서 제어가 불가능하다는 단점 때문에 혈교에서는 시신을 이용해 금침으로 제어하는 방법을 사용하였다.

새롭게 만들어진 독강시는 제어 능력이 뛰어났고, 강대한 힘을 가질 수 있었지만, 독강시가 움직일 수 있게 피 대신 흐르게 만들어둔 혈화독으로 인해 그 독성과 시신 자체의 시독을 이겨내지 못하고 금세 부패해 버렸다. 그래서 통상 혈화독의 흐름을 제어하고 있다가 임무에 투입할 때만 그 독성의 잠력을 폭발시킨 것이었다.

한데 중원혈겁을 일으키면서 시험해 본 결과 이틀을 넘기지 못했다. 뿐만 아니라 장영과 싸우면서 찢어진 상처를 통해 몸속의 혈화독이 새어 나와 시신의 피부를 녹여대고 있었으니 앞으로 남은 시간은 길어봐야 일각여 정도일 것이었다.

"아깝군. 지난번 검곤검선 때처럼 열 명 정도를 끌고 올 것을… 그랬다면 충분했을 텐데……"

최초에 독강시를 시험하기 위해 청성파와 아미파를 공격하게 했다. 그런데 조금 불완전했음인지 공격했던 열 구 중 여덟 구가 건곤검선이 마지막에 자신의 잠력을 폭발시키면서 시전한 공격에 의해 완전히 박살이 나버렸다. 때마침 청성파의 주변을 혈교의 무인들로 모조리 둘러싸고 있었기 때문에 다행히 도망친 무인은 없었다.

"이번 임무는 실패군. 운이 좋았다. 하지만 주첨기의 목은 이미 하만 당주에 의해 떨어졌을 테니 반쯤은 성공한 셈이군."

싸늘한 비웃음을 띠면서 그는 손가락으로 수결을 맺고는 무언가를 중얼거리고는 처음부터 그곳에 없던 것처럼 사라져 버렸다.

하지만 그는 몰랐을 것이다. 자금성에 침입했던 하만이 이미 목숨을 잃은데다가 주첨기는 혈화독에서부터 자유러워졌음을, 그리고 전혀 고려하지 않았던 공헌현비의 죽음으로 사신보다 무서운 전귀 장영이 그들을 뒤쫓고 있음을.

"크아아앙!"

인상을 찡그리고 괴인들을 노려보던 장영의 신형이 움직임과 동시에 괴인들의 몸을 쓸어갔다. 이미 그들의 속도나 파괴력이 처음보다 현저하게 떨어졌다.

장영의 주먹이 괴인의 머리를 터뜨려 버릴 기세로 닿으려던 찰나, 괴인들의 몸이 부르르 떨리더니 엄청나게 위험한 느낌이 장영을 엄습했다.

장영은 위기를 감지한 순간 순식간에 괴인들의 곁에서 떨어졌다.

푸하학!

네 괴인의 몸이 순식간에 폭발하듯이 터져 나가면서 조각난 육편과 함께 엄청난 양의 독이 사방으로 튀어 올랐다.

엄청난 폭발력 때문인지 장영이 몸을 다 빼내기도 전에 튀겨진 독액과 육편이 그의 몸에 닿을 것 같았다.

휘리리릭!

장영의 몸이 허공에서 엄청난 속도로 회전했고, 그의 몸을 따라 바람이 회오리치듯이 생겨났다.

"후욱… 후욱… 후욱……."

바닥으로 떨어져 내린 장영이 거칠게 숨을 몰아쉬었다.

방금 전까지 싸웠던 격전장에서는 시꺼먼 독무와 썩는 듯한 악취만 있을 뿐, 괴인들의 모습은 보이지 않았다.

장영은 천천히 독무를 벗어나면서 원래의 모습으로 천천히 돌아왔다.

돋아 올랐던 송곳니는 어느새 사라졌고, 빳빳하게 세워져서 붉은빛을 띠고 있던 머리칼은 늘 그랬던 것처럼 헝클어진 검은색으로 돌아와 있었다.

"휴우……."

장영은 천천히 호흡을 골랐다.

"대주님."

환자들을 치료하고 있던 을지마로가 장영에게로 조심스럽게 다가와 작은 함을 내밀었다.

"소생환입니다. 그다지 필요는 없겠지만 몸의 상처를 치유하는 데 도움이 되실 겁니다."

"음……."

장영은 자욱했던 혈화독에 대해서는 그다지 큰 영향을 받지 않는 듯했다. 아마도 주첨기에게서 흡수한 독으로 인해 내성이 생겨난 것이리라. 하지만 입고 있던 흑삼은 독 기운을 이기지 못하고 완전히 삭아서 부서져 버렸고, 괴인과의 격전으로 인해 온몸이 상처투성이로 변해 있었다.

"나머지 반란군을 부탁하지."

"예. 알겠습니다. 나머지는 저와 우천, 그리고 녹산이 맡겠습니다."

장영을 향해 고개를 숙이는 을지마로를 지나쳐서 소생환을 삼키고는 자신의 창을 들었다.

반군은 아직 움직이질 못했다.

한왕이 데려온 네 명의 괴인을 터뜨려 버린 장영의 신위에 놀라 발이 떨어지지 않았던 것이다.

을지마로는 한 손에 비침과 소도를 들었고, 녹산은 삼절곤을, 우천은 쌍단봉을 들었다. 그리고 천천히 반란군 쪽으로 걸어가기 시작했다. 산보라도 나온 듯이 서로 웃으면서 반란군 측으로 걸어갔지만, 그들이 풍겨내는 기운은 가히 절정의 그것이라고 해도 과언이 아니었다.

을지마로는 싱긋이 웃으면서 반란군을 향해 포권을 했다.

"지금 돌아가시면 그다지 다른 공격을 하지 않겠습니다."

하지만 반군 측에서는 아무런 움직임도 없었다.

"이런… 그럼 부득불 공격을 해야겠군요."

엄청난 수의 반군들이 있었지만 세 명의 무인은 조금의 위축도 보이질 않았다.

"그럼… 갑니다."

을지마로의 얼굴에서 방금 전까지의 사람 좋은 미소가 잔혹하게 변하자마자 그의 소매가 떨쳐졌고, 수백여 개의 비침이 예리한 기운을 품고 반군을 향해 날아갔다.

"혈화만개(血花滿開:핏빛의 꽃송이가 가득하게 피어나다)!"

피! 핏! 핏!

자로 잰 듯이 정확하게 반군 병사들의 이마에 한두 개 이상의 비침이 꽂혔고, 그들의 이마에는 한결같이 똑같은 모양의 붉은 꽃이 피어올랐다.

"그럼 우리도 가볼까?"

북궁우천이 이미 전장을 치닫고 있는 을지마로를 보다가 녹산을 향해 히죽거리면서 웃고는 대답도 듣지 않은 채 몸을 날렸다.

"쌍룡나선풍!"

북궁우천은 반란군의 진영에 뛰어들어 폭풍처럼 단봉을 휘둘렀고, 그 뒤를 따라 양녹산이 자신의 삼절곤을 휘두르며 반군의 병사들을 쓸어갔다.

이미 장영과 괴인들의 싸움으로 인해 기세가 꺾여 버린 반군은 압도적인 무위를 선보이는 을지마로와 양녹산, 북궁우천 등에 의해 순식간에 와해되기 시작하자 기세를 회복한 어림군도 그 뒤를 따라 반군을 공격했다.

4

"그러니까 네 말은 현비 마마를 죽인 인물과 괴인들을 보낸 인물들이 동일 인물일 것이란 말이야?"

북궁우천의 말에 을지마로가 고개를 끄덕였다.

"어째서?"

"현비 마마와 주첨기를 중독시킨 독은 혈화독이라는 것이지. 그리고 그 독은 웬만큼 독에 대한 지식을 가지고 있지 않는 이상 절대 다룰 수 없는 독이야. 뿐만 아니라 중원에서는 유일하고 북쪽 사막에서 살고 있는 붉은 사막전갈에게서만 채취할 수 있지."

"흐흠……."

"그리고 혈화독을 채취한다고 해도 사용하기가 까다롭다.

통상 독을 쓰는 자들은 연기나 향기를 통해서 적이 알지 못하게 써야 하는 것이지만 이놈은 그 향기가 너무 강하거든. 더구나 뿌리거나 만진다고 해서 중독되는 게 아니라, 반드시 먹거나 혈액을 통해서만 중독이 된다고. 그러니 효용성이 무척 떨어지는 것이지. 하지만 그 독성만은 거의 최고라고 해도 될 거야."

"그럼 형님 말은 괴물과도 같은 아까 그 자식들이 온몸에 피 대신에 혈화독을 넣고 살았단 말이죠?"

양녹산의 말에 을지마로는 고개를 저었다.

"아니야. 정확히 말해 살았다고 할 수는 없지. 혈화독이 온몸에 퍼져 흐르는데 살아 있을 수는 없을 거야. 아마도 그들은 이미 죽어 있는 시신이었을 거야."

"어쨌든 온몸이 독 덩이라는 것은 같은 거잖아요. 죽었거나 살았거나 괴물인 것은 사실이니까."

"아냐. 확연한 차이가 있다."

"예?"

을지마로의 확신에 찬 듯한 말에 모두가 의문이 가득한 얼굴로 을지마로를 쳐다보았고, 이제껏 시큰둥한 표정으로 있던 장영도 관심을 보였다.

"어떤 차이가?"

"잘 들어. 강시라는 건 말이야. 혈강시, 마령강시, 독강시, 생강시, 혼령강시… 이딴 수많은 종류가 있기는 하지만 크게 딱 두 종류로만 나눈다고. 죽은 이의 시신을 사용해서 만드는 시강시와 살아 있는 자의 이지를 조정해서 만드는 생강시가 그것이지.”

“근데?”

“생강시는 생각이라는 게 있어. 그래서 이지를 제압하지 않으면 무척이나 까다롭지. 무공이 강하거나 수양을 많이 했던 인물일수록 강시화되었을 경우에 자아 능력이 뛰어나지. 그런데 시강시는 시체를 사용하기 때문에 제작하는 자가 얼마든지 강화할 수 있을뿐더러 강시에 대한 통제력도 강해지지. 중요한 것은 이거야.”

뭐가 중요하다는 말일까? 을지마로의 말을 아무도 이해하지 못했다.

“잘 들어. 아까 우리가 봤던 강시는 독강시의 일종이야. 더구나 무척이나 잘 정련된 놈이지. 아마도 대주님이 아니고는 무림에서 그들을 막을 수 있는 놈들은 마교주 정도?”

“그럼 큰일 아니야? 네놈만으로도 어림군 이만을 뒤흔들어 놓았다고.”

“걱정 마. 시강시란 건 통제하는 자가 있어야만 움직일 수 있어. 분명히 시강시를 통제하는 놈이 있을 거야. 그놈만 찾아서 죽이면 아까와 같은 놈들은 무용지물이야. 더구나 정신 혼령을 조종한다고 해도 전음이나 소리를 가지고 전달하는 방법일 가능성이 높아. 또한 강시가 싸우는 상황을 정확히 볼 수 있는 위치에서만 가능하지. 충분히 찾아낼 수 있어."

"그렇군. 참, 중원혈겁이 일어났을 당시 각 문파를 공격했던 이들도 그들이 아니었을까?"

아직도 정확한 흉수가 밝혀지지 않은 상태였던 중원혈겁에 대해 생각난 북궁우천이 물었다.

"그럴 가능성이 높아. 그런데 내가 궁금한 것은 그게 아니야. 혈화독은 엄청난 부패력을 가지고 있어. 그래서 보통의 방법으로는 혈관을 타고 흐르게 할 수가 없지. 했다 해도 얼마 가지 않아 독기 때문에 썩어버리기 십상이거든? 그런데 자체적으로도 시기를 가지고 있는 시신에 어떤 방법으로 강시를 만들었을까 하는 것이지. 그것도 저 정도로 유지하는 놈들이라니 말이지."

"흠… 그렇구나."

"어쩌면 예전에 천룡단이 몰살당한 사건이 관련이 있을지도 몰라."

을지마로가 눈을 가늘게 뜨면서 턱밑을 어루만졌다.

"금사촌 혈사?"

"그래."

"그럼 혈교와 관련이 있단 말입니까?"

"내 생각은 그래."

을지마로가 잠시 말을 끊고 장영을 바라보았다.

운기조식을 마친 장영이 자리를 털고 일어나면서 을지마

로를 대신해 북궁우천에게 말했다.

"금사촌 혈사에서 천룡단이 호위해 오던 물건은 지난 사천 혈사와 관계가 있던 것이다. 무림맹이 비밀리에 감추어두었던, 세상에 나와서는 안 되는 물건. 그것은 바로 강시 제조법이지."

이로써 모든 것이 풀렸다.

모든 것은 원흉은 혈교에 의한 것이었으리라.

그렇다면 얼마 전 자금성에서 죽은 하만이라는 인물이 말한 북원과 혈교는 동일한 목적을 가지고 있을 가능성이 컸다.

"그렇다면 혈교가 중원무림에서의 세를 넓히는 것도?"

"중원혈겁을 일으킨 것도? 반란도?"

을지마로가 고개를 끄덕였다.

"내 생각에는 지금의 흑룡성도 한 무리일 가능성이 크다. 하지만 천잔도는 그리 호락호락한 인물이 아닌데… 어떻게 천잔도를 죽이고 흑룡성을 손에 넣었을까?"

궁금증만이 더해가고 있었다.

그때 장영이 자신의 창을 등에 비껴 메면서 말했다.

"어디든 상관없다. 현비의 죽음과 조금이라도 관계된 곳은 모조리 부숴 버릴 테니까."

을지마로와 북궁우천, 양녹산은 문득 장영의 몸에서 공력을 일으키지도 않았음에도 스산한 한기가 느껴진다는 생각이 들었다.

“이보게, 장 무사.”

장영 일행을 향해 무탁 장군이 다가왔다.

“누군가 자네를 찾아…….”

무탁이 소개도 하기 전에 그를 제치고 누군가 다가왔다. 사마수동과 함께 갔던 북궁우천이었다.

“대주!”

“어? 우천이 아냐?”

“우천 형님? 근데 어째 혼자? 그리고 그 모습은?”

북궁우천의 모습은 너무도 힘들어 보였다. 옆구리에는 자상이 생겨나 피가 계속해서 흘러내리고 있었고, 옷은 헤어진 지 오래인 듯했다.

“일단 지혈부터…….”

을지마로가 북궁우천의 옆구리에 응급처지를 하기 위해 다가섰지만, 북궁우천의 다급한 음성에 물러섰다.

“대주, 적환이 녀석이… 적환이 녀석이…….”

울먹거리는 음성으로 말하는 북궁우천의 목소리에는 다급함이 있었다.

“적환이 왜!”

“괴물 같은 놈들에게 중독당했습니다.”

“뭐?”

장영의 안색이 굳었다.

“어떻게 된 겁니까?”

양녹산이 사태에 대한 물음에 대답하려던 북궁우천은 장영의 말에 막히고 말았다.

“어디냐?”

“녕보현의 근처 야산입니다.”

북궁우천의 말이 끝나기 무섭게 장영의 신형이 폭사하듯이 튀어나갔다.

중독되었다면 분명 혈화독일 가능성이 높았다. 함께 있는 을지마로를 제외하고는 아무도 독에 대한 제대로 된 치료를 할 줄 아는 자가 없다. 시급했다.

第六章

사마수동의 죽음

戰鬼
전귀

　최고의 속도로 달려온 장영은 녕보현 인근 야산을 미친 듯
이 뒤졌다.

　평소의 장영이라면 사마수동이 설치한 기본적인 환영진이
나 그의 흔적을 쉽게 알아볼 수 있었겠지만, 지금은 너무도
흥분해 있었다.

　혹여 적환이 죽을 수도 있는 상황이었기 때문이다. 하지만
북궁우천이 알려준 장소에서는 사마수동과 적환의 흔적을 찾
아낼 수가 없었다.

　"대주님!"

　뒤늦게 따라온 북궁우천과 을지마로가 환영진의 기운을

느끼고 장영을 불렀다.

장영은 미친듯이 환영진으로 다가갔다.

환영진이 해제되고, 나뭇가지를 얼키설키 위장해 둔 은신처가 보이기 시작했다.

그런데 갑자기 장영의 안색이 눈에 띄게 굳어지며 손가락이 미세하게 떨렸다.

분명 적환과 황엄의 기운이 느껴졌다. 미세하게 뛰고 있는 적환의 혈맥이 느껴졌고, 황엄의 세찬 숨소리가 느껴져 왔다. 그런데 사마수동의 기운이 느껴지지 않았다.

'설마? 아니겠지. 그는 강하다. 독강시 따위에게 죽을 만한 인물이 아니야.'

장영은 세차게 부정했다.

북궁우천과 을지마로가 신속히 은신처를 감싸고 있던 나뭇가지를 하나씩 벗겨내었다.

서서히 은신처 안의 상황이 드러나기 시작했고, 그에 따라 장영의 눈이 조금씩 커지며 얼굴에는 극도의 놀람이 떠올랐다.

독 기운으로 온몸이 부풀어올라 이전의 모습을 찾을 수 없을 정도로 망가져 버린 적환이 누워 있었고, 그 앞에는 적환의 단전에 손을 올린 사마수동이 뒤돌아 좌정하고 있었다.

그런데 이상했다. 자신들이 왔음에도 사마수동은 반응이 없었다.

"부대주… 수동 형님."

이상함을 느낀 북궁우천이 사마수동을 불렀는데, 그의 목소리는 떨리고 있었다.

장영은 천천히 사마수동에게로 걸음을 옮겼다.

고작 서너 발자국의 거리. 그런데 너무나도 멀어 보였다.

수천 리를 한걸음에 달렸고, 전장에서는 빛살보다 빠르게 움직였던 장영이었지만, 지금 이 순간만큼은 서너 발자국의 거리가 닿을 수 없을 정도로 멀고, 영겁의 시간이라도 되는 양 길게만 느껴졌다.

장영의 떨리는 손이 사마수동의 어깨에 닿았다. 가벼운 힘에도 사마수동의 어깨를 감싸고 있던 무복이 바스락거리면서 부서지자 장영은 흠칫 놀라 급히 손을 떼었다.

정좌한 사마수동의 얼굴은 희미한 미소를 띠고 있었고, 피부는 온통 검은색으로 변해 있었다.

그의 몸에는 어떠한 생기도 느껴지지 않았고, 숨소리도, 거세게 뛰던 심장박동도 없었다.

그는 죽은 것이었다.

혈화독에 중독되어 이미 죽어버린 것이었다.

아마도 적환을 살리기 위해 자신의 몸에 남아 있던 모든 공력을 전이해 버린 모양이었다. 그리곤 독 기운을 이기지 못한 사마수동은 밀랍처럼 굳어버린 것이다. 부서지기 쉬운 모래알처럼.

한줄기 바람이 일어날 때마다 삭아버린 그의 옷과 육신이 바람에 휘날리면서 부서져 내리기 시작했다.

"바람을 막아! 빨리!"

장영이 피를 토하듯이 외쳤다. 그의 눈에는 어느새 뜨거운 눈물이 흐르고 있었다.

부정하고 싶었다.

자신의 눈앞에 사마수동이 죽어 있다는 사실을 부정하고만 싶었다.

거센 정신적 충격으로 멍하니 있던 북궁우천과 을지마로가 서둘러 주위에 환영진을 설치하려 했지만, 이미 사마수동의 몸은 모래알처럼 바람에 휘날리면서 사라지고 있었다. 장영은 애써 사마수동을 놓치지 않기 위해 그의 몸을 감싸 안으려 했지만, 그의 손에 느껴지는 것은 한 줌의 먼지와도 같은 사마수동의 흔적뿐이었다.

"아아악! 안 돼! 안 돼에!!!"

사마수동의 육신이 부서져 나갈수록 장영의 몸부림은 더욱 거세졌다.

지난 십 년간 자신의 옆에 있어준 사마수동이었다.

표현하지는 않았지만, 공헌현비를 만나기 전까지만 해도 가족이라 생각했던 사마수동이 이제 자신의 곁에서 떠나고 있었다.

십 년간 때로는 형과도 같았고, 때로는 친구 같았다.

항상 자기 자신보다 장영을 더욱 아꼈던 사내였다.

그런 그가 죽었다.

"으아아아!"

장영은 재로 변해 날아가 버린 사마수동의 육체를 보면서 미친 듯이 소리쳐 댔다. 그의 외침은 무척이나 고통스럽게 느껴졌다.

"수동 형님이… 부대주님이……."

망연자실한 북궁우천은 바닥에 털썩 주저앉은 채 사마수동이 있던 곳에서 시선을 떼지 못했고, 을지마로와 양녹산은 조용히 눈물을 흘렸다.

장영의 눈이 시뻘겋게 변했다.

참을 수 없는 분노가 그의 몸을 변화시켰고, 어느새 그는 짐승과도 같은 모습이 되어 있었다. 검은 머리는 불타오르듯 붉게 변했고, 온몸에서는 광포한 기운이 끓어 넘쳤다.

"으허헝!"

장영은 거대한 포효가 녕보현에 위치한 작은 야산 전체를 거세게 울렸다.

第七章

경고

戰鬼
전귀

혈교와 흑룡성이 그 영역을 넓히고 또다시 시작된 한왕 주
고후의 반란으로 인해 세상이 무척이나 시끄러웠다.

오가회의 세력인 남궁세가와 흑룡성의 싸움이 연일 안휘
성 근교에서 일어났으며 혈교에 의해 하북의 팽가가 무너졌
다. 살아남은 팽가의 인원들은 운 좋게 황보세가의 구원을 받
았지만, 가주인 팽철환은 이미 폐인이 되어버렸고, 과반수 이
상의 무인이 목숨을 잃은 터라 다시 하북무림으로 돌아가기
에는 여력이 없었다. 결국 그 힘을 키울 때까지 황보세가에
의탁하기로 한 것이었다.

한편 혈교와 흑룡성은 돌연 연합을 선언하더니 새로운 단

체의 등장을 무림에 선포했다.

귀원련.

돌아올 귀에 으뜸 원 자를 쓰는 새로운 연합체.
으뜸이 되어 돌아온다는 뜻의 이상한 의미를 가진 연합이
었지만, 사람들은 그 뜻보다는 그들의 힘에 대해 집중하였다.
팽가가 있던 하북과 북단의 특별한 무림 세력이 없던 흑룡
강성을 제외하고 길림, 안휘, 절강, 산동, 강서, 요녕성의 육대
성도를 제외하고는 전 중원이 귀원의 지배하에 들어가고 만
것이었다.
그런데 어째서 흑룡성이 혈교 따위와 연합을 선언했는지
에 대해서 의문스럽게 생각했지만, 그로 인해서 무림에는 고
금을 통틀어 처음으로 중원무림의 절반 이상을 가진 거대한
문파가 생겨난 것이었다.
그리고 얼마 후 또다시 무림의 모든 곳에 뿌려진 배첩.

귀원에 소속되지 않은 곳은 모두 멸하겠다.

너무도 광오하기 그지없는 말이었다. 오가회를 제외하고
는 중원의 대부분의 거대 문파가 귀원련의 소속된 흑룡성과
혈교에 의해 무너졌지만, 아직도 수많은 중소 방파들이 남아

있었다.

패도련이 무너지면서 뿔뿔이 흩어진 문파들과 사파의 작은 문파들까지 수천은 족히 넘어가는 무가와 문파가 있었다. 지금 귀원련은 그들에게 권유와도 같은 협박을 하고 있는 것이다.

지독한 패도를 추구하는 듯한 귀원련의 선포는 일부 세력들의 반발을 불러일으켰다. 하지만 하루아침에 스무 곳이 넘게 주춧돌마저 남기지 못하고 멸문을 당하자 그 후론 그 누구도 감히 함부로 반발심을 품지 못하고 숨을 죽였다. 그리곤 수없이 많은 문파들이 앞다투어 귀원련에 가입했다.

그에 대해 오가회가 무수히 많은 문파들을 대신해 귀원련을 비판했지만, 이미 무림에는 그들의 말에 귀를 기울여 주고 함께 싸워줄 어떠한 곳도 없었다. 힘이 곧 정의인 무림에선 이미 막강한 힘을 가지고 있는 귀원련의 행동이나 말이 더 정당할 뿐이었고, 그 누구도 그런 그들을 욕하지 못했다.

"여기가 천년마교의 철옹성인가? 과연……!"

신강의 지배자인 마교가 위치한 거대한 산맥인 십만대산.

위대한 마웅 독고진악이 웅크리고 있는 이곳엔 마교 자체를 시끌시끌거리게 할 정도로 대단한 인물이 찾아왔다.

당금 무림에서 가장 유명하다고 해도 과언이 아닌, 고금을 통틀어 가장 강대한 세력을 만들어낸 인물이었다.

귀원련주.

　금포를 입은 당당한 풍모를 가진 노인이었다.

　주름진 이마와 가지런하게 자란 수염은 무척이나 인자한 인상을 풍기고 있었고, 화려한 금모임에도 노인에게는 그다지 부자연스럽지 않게 잘 어울리고 있었다.

　귀원련주는 귀원련이 중원에 정식으로 이름을 내건 이후 가장 먼저 방문첩을 보내고 마교를 찾아왔다. 폐쇄적인 마교지만, 원체 강대한 세력을 가진 귀원련주였기에 충분히 마교의 정문을 넘을 자격이 있다고 여겨 입궁을 허락한 터였고, 지금 그는 마교의 대전인 마령동의 한쪽에 위치한 접객실에서 마교주 독고진악을 기다리고 있었다.

　"호오, 자네 대단한 무위를 지니고 있구만 그래. 느껴지는 기도가 상당한걸?"

　귀원련주는 최대한 호의적인 말투로 자신을 안내해 온 후 접객실의 한쪽구석에 대기하고 있는 무인을 향해 칭찬했다. 아마도 기다림의 지루한 시간 동안을 달래기 위해서 말이라도 걸고 싶었던 모양이다.

　"……."

　무인은 아무 말 없이 무표정한 얼굴로 칭찬에 대한 대답으로 고개를 살짝 숙였다.

　그런 무인의 행동에 귀원련주를 모시고 왔던 련주의 호위대는 인상을 찡그리면서 무인을 쏘아보았지만, 무인은 안색조차 바꾸지 않았다. 일파의 존장을 대하면서 저리도 버릇없는 모습이라니, 더구나 귀원련주는 이미 전 중원의 지배자라고 해도 될 정도로 강대한 세력을 가지고 있지 않은가.

"아아! 그만, 그만. 손님으로 온 입장이 아닌가?"

발끈하는 자신의 호위대를 손을 들어 만류하면서 귀원련주가 사람 좋은 웃음을 띠었다.

"그나저나 중원제일의 단일 세력을 가진 대마교라 그런지 주위에 깔려 있는 살기와 경계심이 엄청나구만 그래. 이거 피부가 찌릿찌릿한걸? 핫핫핫!"

귀원련주는 접객실의 주위로 온통 가득하게 채우고 있는 자신과 호위대의 살기에 전혀 신경 쓰지 않는 모습으로 웃었다.

"련주님, 마교주가 너무 늦는 것 아닙니까?"

구릿빛의 피부를 가진 강한 인상의 무인이 련주에게 기분 나쁜 표정으로 말했다.

"태악."

"예, 련주님."

"그는 당금 무림의 천하제일인이다. 그런 인물을 만나기 위해 기다리는 시간을 어찌 지루하다 할까? 나는 지금 되레 흥분이 되는구나. 얼마나 강할지 말이다."

련주의 호방한 모습에 태악이라 호명된 무인이 말없이 고개를 숙이며 물러섰다.

드르륵.

이윽고 접객실의 문이 열리고, 마교주 독고진악이 수라대
주 냉천악과 수석 장로와 함께 들어섰고, 접객실에 있던 마교
의 무사가 재빨리 오체복지를 하면서 엎드렸다.

"위대한 마도의 종주 교주님을 뵙습니다."

"아, 수고했다."

독고진안은 그런 무인에게 가볍게 손을 들어주고는 귀원
련주가 앉아 있는 탁자로 향했다.

"호오, 그대가 귀원련의 련주인가?"

독고진악은 귀원련주를 한참이나 기다리게 하고도 전혀
미안해하지 않는 듯한 음성으로 말하고는 자리에 앉았다.

대놓고 반말을 해왔지만, 귀원련주는 그다지 신경을 쓰지
않는 듯했다.

"귀원련주 호라크라 하오."

마교주의 예의없는 모습에 호라크 역시 앉은 채 가볍게 포
권을 했다.

"이자가?"

냉천악이 자신의 대부를 움켜쥐면서 호라크의 모습에 입
술을 씰룩거렸다.

"놔둬라, 천악. 그래도 중원의 절반 이상을 가진 대문파의
존장이 아닌가? 저 정도의 모습은 당연한 것이지. 그래, 날 만
나자고 한 용건이 뭐지?"

독고진악은 의자에 비스듬하게 앉으면서 턱을 들어 귀원

련주를 깔아보며 물었다.

그런 독고진악을 잠시 동안 처다보던 귀원련주가 코웃음을 쳤다.

"후후, 상당히 직설적이시군요. 단도직입적으로 말씀을 드리지요. 귀 교가 저희 련과 함께했으면 합니다. 물론 교주님의 직위는 당금 무림의 천하제일인이시니 련의 최고위로 해드리겠습니다. 어떠십니까?"

귀원련주는 독고진악에게 지금 자신의 아래로 들어오라고 말하고 있는 것이었다. 순간 냉천악과 수석 장로의 몸에서 엄청난 살기와 함께 질식할 듯한 마기가 확 하고 뿜어져 나왔다. 감히 천하 마도의 종주라 불리는 대마도에게 수하로 들어오기를 권유하고 있다니. 이제껏 그 누구도 그들에게 이런 말을 하지 못했는데 말이다.

"재미있군. 그대들의 련에 들어오라? 으하하하하하!"

마교주가 어이없음에 귀원련주를 물끄러미 바라보다가 그의 말이 진심으로 느껴지자 호탕하게 웃음을 터뜨렸다.

그의 웃음에 실린 내공으로 인해 접객실이 뒤흔들렸다.

'우웃, 과연! 엄청난 내공이군.'

내공이 약한 무인이라면 웃음소리만으로도 청력의 손상에 내상을 입을 정도의 위력이었다.

하지만 그곳에 모인 자들은 살짝 인상을 찡그릴 뿐이었다.

"이봐, 이봐. 웃기지 말라고. 지금 누구한테 말하고 있는지 아는 건가?"

한참이나 웃어대던 독고진악이 싸늘한 표정으로 귀원련주를 쏘아보았다.

웃고 있을 때의 독고진악과 냉정해진 모습의 독고진악의 기세는 확연할 정도로 차이가 났다.

꿀꺽.

귀원련주의 목울대로 마른침이 넘어갔다.

내공의 강함 때문이 아니었다. 자신 역시 혈마의 진전을 이은 절대무공의 소유자였다. 알려진 바에 의하면 독고진악의 무공은 자신과 동급이거나 조금 앞선 정도일 것이다. 그런데 그의 몸에서 뿜어져 나오는 기세와 광포한 살기가 휘몰아치는 눈동자에는 놀랄 수밖에 없었다.

'과연 천하제일인이라는 것인가?'

독고진악은 비웃음이 가득한 표정으로 귀원련주를 노려보았다.

"얼마 전 재미있는 말을 들었지. 그대의 세력에 들기를 거부하면 모두 멸한다 했던가? 그대는 지금 한참이나 착각하고 있군. 그대가 지금 마주한 인물이 누구라 생각하는 거지? 앙? 목줄을 따줄까? 중원의 지배? 중원의 반을 먹었다고? 우습군. 네 녀석이 만든 오합지졸의 세력 따위를 믿고 하는 말인가? 아니면, 고작 독강시 따위를 믿고?"

비웃음을 짓고 있는 독고진악이었지만, 몸에서 뻗어 나오는 살기는 옴짝달싹할 수 없을 정도로 강렬했다.

"으으음… 말이 지나치시오, 교주."

드러내 놓고 자신을 무시하는 말에 귀원련주가 어금니를 으드득 소리가 날 정도로 깨물며 자신의 기세를 끌어올렸다. 그와 동시에 끈적끈적한 살기가 독고진악의 기세를 밀어내면서 팽팽하게 맞서기 시작했다.

마교주 독고진악의 기운이 패도적이고 심신을 질식할 정도로 압박하는 기운이라면, 귀원련주의 기운은 기분 나쁠 정도로 소름 끼치는 느낌을 가지고 있었다.

"푸하하핫!"

잠시 동안 귀원련주를 압박하며 실내를 가득 채웠던 살기가 독고진악의 파안대소와 함께 씻은 듯이 사라져 버렸다.

"좋아, 좋아. 마교는 그대와 같은 강자를 사랑하지. 이것이 자네의 기운인가 보지? 과거의 혈마자의 향기가 나는군. 크크크. 요즘은 전귀 그 녀석도 그렇고, 갑자기 피를 들끓게 하는 강자들이 자주 보인단 말이야. 좋은 현상이야, 좋은 현상."

'전귀'라는 인물에 대해서 들어본 적이 없던 귀원련주는 '그 사람이 누굴까?' 하는 의문이 생겼지만, 이내 독고진악의 진지한 말에 집중했다.

"천하를 정벌하고 싶은가? 무림을 손아귀에 넣고, 명나라를 무너뜨릴 셈이겠지? 그리고는 다시 북원의 나라를 세우고 싶은 것이겠고 말이야."

독고진악이 말하고 있는 것은 아직 알려지지 않은 사실. 그리고 알려져서는 안 되는 사실.

귀원련주 자신과 관계되지 않은 자는 절대 알 수 없는 비밀이었다. 그런데 독고진악이 알고 있다니. 귀원련주의 얼굴에 살짝 놀람의 빛이 어렸다.

"아아, 그렇게 놀라지 않아도 돼. 이래 봬도 마교의 수장이 아닌가? 자기 밥그릇 생각만 하는 정파 놈들 따위와는 다르다고. 세상의 흐름은 누구보다 잘 알고 있어. 그대들이 금사촌에서 빼돌린 독강시 제조법에서부터, 북원의 병력이 얼마인지, 어디의 어느 놈이 애새끼를 낳았는지 하는 세부적인 것도 말이야. 천 년을 이어오기가 쉬운 것이 아니거든."

대수롭지 않은 얼굴로 손사래를 치는 독고진악의 말에 귀원련주의 인상이 처음으로 굳었다.

"대단하시군요. 오늘 새로운 사실을 알았습니다. 이거 귀하의 능력이 점점 더 존경스러워지는군요."

귀원련주는 입가에 쓴웃음을 지었다. 그 자신도 신강의 오지에 웅크린 호랑이의 정보 능력이 이렇게 뛰어날 줄은 미처 몰랐기 때문이다.

"크크크, 그리 긴장하지 않아도 돼. 그대들이 명을 무너뜨리든 황제 위를 찬탈하든 별로 관심없는 일일 뿐이니까 말이지. 또한 이놈의 무림은 좀 더 흔들어놔지. 마음 같아서는 내가 하고 싶지만, 요즘 다른 일에 빠져 있어서 말이야."

독고진악은 되레 칭찬을 해주고 있었다.

"그런데 말이야. 그대들의 행보에 궁금한 것이 하나 있어. 욕심 많은 한왕을 꼬드겨서 그 꼬장꼬장한 영락제를 죽이고, 반란을 일으킨 것. 그리고 독강시 제조법을 위해 금사촌에서 정파 놈들 수백을 죽인 것. 혈교을 다시 일으켜서 겐둔 땡중을 죽인 것이며, 중원혈사라 불리는 지금의 상황을 만들고 귀원련을 세운 것까지는 알겠는데… 흑룡성의 천잔도는 어떻게 무너뜨린 것이지? 두원, 그 아이가 그리 만만했던가? 아니면 내가 모르는 또 다른 힘이 있는 건가?"

궁금했다.

독고진악은 처음 금사촌 혈사가 일어난 때부터 휘하 무인들을 전 지역에 풀어서 모든 사실을 조사했었다. 그리고 흑룡성이 내분으로 시끄러울 때도 눈앞의 귀원련의 누군가가 침투했다는 사실도 눈치 채고 있었다.

하나 천잔도가 누구던가? 전귀 장영을 제외하고 유일하게 자신의 힘에 필적할 수 있다 여겼던 인물이다. 그런데 그런 그가 독곡주와 싸운 이후 돌연 성주 위를 넘기고 사라져 버린 것이다.

독으로 암살을 했을까? 아니다. 무림맹주 화무군이라면 독에 당할 수도 있지만 자신이 아는 천잔도나 빙궁의 북해빙왕은 이미 한계를 뛰어넘은 인물이었다.

살수에 의한 암살? 그것도 아니다. 천잔도는 살수 따위가 암습으로 죽일 수 있을 만큼 허술한 이가 아니다.

그럼 도대체 어떻게 천잔도 두원을 끌어냈을까?

그들이 하는 일에는 어떠한 관심도 없던 독고진악이었으나 천잔도가 쓰러진 사실은 도무지 이해가 되질 않았다.

"후후, 이미 모든 걸 알고 계시니 그 문제는 되레 감추고 싶군요. 허허."

귀원련주는 조금 허탈한 웃음을 지었다.

역시 눈앞의 괴물은 쉽게 볼 만한 인물이 아니었다.

"그런가? 후후, 좋아. 의문점 하나를 남겨두는 것도 꽤 즐겁겠군. 좋아, 좋아. 그리고 그대들이 천하를 정벌하든 새로운 나라를 세워 올리든 나는 관심없다."

"그렇습니까? 알겠습니다. 그럼 저는 이만 돌아가도록 하지요."

상대가 대화를 할 마음이 없다는데 더 이상 어떻게 하랴. 일말의 교섭 여지라도 있다면 조금 더 설득이라도 해보겠지만 서로가 추구하는 바가 다른데 더 이상 할 말이 없는 것이다.

더구나 이미 중원은 거의 자신들의 손아귀에 들어온 것이나 다름없었다.

아직 북해와 오대세가의 연합인 오가회, 그리고 남해검각이 남아 있으나 그들의 힘으로는 귀원련의 힘을 한 달도 채 막을 수 없을 것이다.

　무림의 모든 세력을 자신의 휘하에 두는 순간 카라코람에 있는 자신의 주군인 칸이 군대를 이끌고 명나라를 정벌할 것이다.

　이미 대부분의 무장들과 군부의 세력은 서로가 반목하도록 만들었고, 구심점이 될 수 있는 주첨기는 독살했다. 아직 버티고 있다곤 했지만, 그것만으로도 충분했다.

　귀원련주는 천천히 자리에서 일어났고, 처음 그를 안내했던 마교의 무사는 독고진악에게 공손하게 고개를 숙이며 그들을 배웅했다.

　"그런데 말이야."

　문을 나서려는 순간 독고진악이 흘러가는 투로 말했다.

　"자네들이 실수한 게 하나 있어."

　"무슨?"

　무슨 실수를 했다는 것일까? 귀원련주는 나가려던 걸음을 멈추고 살짝 고개를 돌려 독고진악을 바라보았다.

　"자네들 사비(황제의 네 번째 부인, 소의 이씨를 말함)를 부추겨서 주첨기를 독살한 것은 좋았는데 말이야. 그 과정에서 자네들은 공헌현비를 죽였더군."

　'응?'

　"자네들은 그 현비가 그다지 신경 쓰이지 않았던 모양이지만, 그게 아마도 자네들이 계획한 모든 것을 뒤바꾸어 놓을 만한 실수야."

정확히 그 의미를 알 수 없는 독고진악의 말에 귀원련주는 완전히 몸을 돌렸다.

그의 얼굴은 이미 의문이 가득한 채 찡그러져 있었다. 모든 것을 다 알고 있는 듯했고, 자신들의 거대한 계획을 무슨 동네 애들 싸움인 것처럼 생각하는 독고진악이 실수라고 한다. 공헌현비의 죽음. 황가의 여인이라 해도 고작 아녀자일 뿐이다. 더구나 동이의 나라에서 온 여인이라 하지 않았던가?

"그게 말이지. 그 여인이 죽음으로 인해서 나조차도 감당하기 힘든 남자를 끌어들여 버렸거든. 어쩌면 자네는 나… 아니지, 마교 전부를 적으로 돌린 것보다 더 힘든 상대를 만난 건지도 몰라."

무슨 말일까, 마교주보다 힘든 상대라니?

"어쨌든 그가 무척이나 화가 난 듯하던데… 하여간 주의하라고, 아직은 완전히 각성하지 않은 듯하지만 그가 완전히 각성한다면 그대가 믿고 있는 수만의 무사나 독강시 몇백 구 정도는 순식간에 박살날 거야. 북원의 모든 병력이 치고 들어온다고 해도 마찬가지일 것이고 말이지."

"그런……?"

믿을 수가 없었다. 인간이 어찌 그런 힘을 가지고 있단 말인가? 무슨 신이라도 된단 말인가?

"왜? 믿지 못하겠지? 그럴 테지. 하지만 각성을 제대로 하지 않고도 나를 박살 낸 남자니까 충분히 각오하는 게 좋을 거야. 안 그러면 자네나 자네들 칸이나 무사하긴 힘들 테니까. 끌끌. 여하튼 지켜보도록 하지, 자네가 그의 분노 앞에서 얼마나 잘 버티어내는지 말이야."

그 말을 끝으로 독고진악은 질문의 기회도 주지 않은 채 문을 열고 밖으로 나가 버렸다.

이 말을 믿어야 할까? 말아야 할까? 독고진악을 이긴 남자라니……

웬지 모를 불안감이 느껴져 왔다.

'어쩔 수 없다. 이미 시간의 강을 건너 버린 것이다. 최악의 경우 코람에 계신 칸과의 모든 연결 고리를 자르면 되겠지. 아니지, 내가 지금 무슨 생각을 한단 말인가? 고작 한 명의 인간의 힘으로 대세를 막을 순 없다. 괜한 기우일 뿐이야.'

귀원련주는 독고진악의 마지막 말에 무척이나 신경이 거슬렸지만, 자조하면서 마교를 떠났다.

第八章

빙한검 설한철

戰鬼
전귀

1

　중원무림의 절반을 넘게 정벌한 귀원련의 위세는 하늘을 찌를 정도로 대단했다. 그들의 행보를 막을 수 있는 세력은 그 누구도 없었다. 처음 흑룡성과 혈교의 공격을 쉬이 막아내면서 그 힘을 보였던 오가회는 서서히 무너져 내렸다.

　귀원련의 연합세력이 지나간 곳에는 수십 개의 전각이 불타올랐고, 수백여 명의 무인이 목숨을 잃어버렸다. 그야말로 당금의 무림은 격변의 시기를 맞이한 것이다. 수백 년의 역사를 가지고 무림을 지켜오던 유수와 같은 문파들은 그 주춧돌마저 파여 나갔다. 귀원련이라는 거센 소나기를 피하기 위해 봉문을 선언한 거대 문파들마저도 귀원의 발걸음에서 무사하지 못했다. 통상 자존심을 중시하는 무림의 철칙상 봉문을 선언한 문파에 대한 공격은 금기와도 다름없었으나 귀원련은 그런 것 따위는 무시했다. 많은 무인들은 지탄을 하고 싶었지만, 귀원의 세력에 함부로 맞설 수가 없었다.

귀원련이 본격적으로 움직이기 시작하면서 그동안 의혹으로 남아 있던 모든 사건들이 만천하에 드러나기 시작했다. 금사촌에서 일어난 혈사의 주범이 혈교의 세력이었고, 그들이 독강시를 만들었다는 것도, 흑룡성에서 일어났던 모든 내분에 관련된 사실도, 모두가 그들의 음모라는 사실도 이제는 모두가 알게 되었다.

하지만 무림정의를 부르짖고, 서로의 힘을 모아 응징을 가하자고 해도 이제는 더 이상 모일 만한 세력도, 무인도 없었다. 남아 있는 대다수의 문파가 이미 귀원련의 하늘 아래 모여들었기 때문이다.

오가회마저도 마찬가지였다. 팽가가 혈교의 독강시에 의해 무너진 후에 하북의 세력권을 잃어버리면서 오가회는 남궁세가를 중심으로 한 안휘성도 일대와 길림성의 악가장으로 반쪽이 나버려서 서로가 서로를 지원하기는 힘들었다.

악가장과 함께 북쪽 지역에 위치했던 황보세가는 세력보존을 위해 비밀리에 귀원련과 접촉하였고, 남궁세가와 함께 안휘성도에 위치했던 제갈세가는 황가에 연줄을 대어 미래를 대비하기 시작했다.

결국 끈질기게 저항을 하는 곳은 남궁가와 그들과 사돈 관계를 맺고 있던 북해빙궁이 유일했다. 하지만 귀원련에 의해 육로가 끊어져 버린 북해는 해로를 통해 무인 오백여 명을 추가로 지원했다.

이제껏 천하제일인이라 불리던 사람은 많았다. 하지만 그들 중 누구도 천하를 자신의 손아귀에 넣지 못했다. 그런데 이제 남궁가만 무너진다면, 귀원련이라는 초거대 문파가 천하를 통일하는 위업으로 역사에 기록될 것이었다.

2

"가주, 위기요. 이를 어찌한단 말이오! 어느 문파도 우리를 지원하겠다는 이가 없소!"

가주위에 물러나 태상 가주였던 남궁무와 함께 여행을 계획했던 남궁창천은 침중한 안색으로 새로이 가주가 된 남궁가휘에게 말했다.

세가가 아닌 포양호의 강변에 임시로 만들어둔 야지 천막 안에는 남궁세가의 무인들과 북해의 수장들이 결전의 복장을 하고 모여 있었다.

"일단 본가의 식솔들을 피신시켜야 합니다."

"그렇소. 아무래도 그들의 가진 힘에 대해 끝까지 저항을 한다고는 해도 버틸 수 있는 기간은 얼마 되지 않을 것 같소.

본가의 식솔들을 은거지에 일단 피신시킵시다. 지금까지 귀원련의 행보를 보았을 때 안휘를 점령하고 절대 본가를 그냥 둘 리가 없소."

"음……."

"일단 몸을 빼서 뒷일을 도모하시는 것이 어떻겠습니까?"

"그렇습니다. 힘을 길러 다시 싸우는 것이 좋겠습니다. 지금 싸운다면 몰살 이외에는 아무것도 남는 것이 없습니다."

"세가를 보존해야 합니다. 상황이 좋지 않아요, 가주."

남궁가휘는 세가의 어른들과 창궁검수의 수장들의 말에 인상을 찡그렸다.

이제는 제법 거뭇거뭇한 수염이 자라나 한 문파의 수장의 분위기를 풍기는 남궁가휘였다.

"막아낼 수 없겠지요?"

자조적인 목소리였다. 자신도 알고 있었다. 하지만, 물어본 것이다. 모두가 알고 있는 사실을 다시 한 번 상기시키듯이 남궁가휘는 주위의 무인들에게 물었다.

남궁가휘의 지금 기분을 모두가 알고 있었기 때문에 아무도 말을 하지 않았다. 남궁가휘는 세가의 역사상 남궁가를 세웠던 조사들만큼이나 강했고, 지금 이 자리에서 가장 강한 무공을 가지고 있었다.

그리고 세가를 이끌어감에 있어서 어느 누구보다 잘할 수 있는 재목이었다. 그런데 그의 대에서 이제껏 남궁가가 겪었던 수많은 위기보다 더욱 험난한 위기를 겪게 되었다. 어쩌면 수백 년의 전통을 깡그리 불사르게 될지도 몰랐다.

"하지만 막아내야 합니다. 무슨 수를 써서라도요."

진지한 안색으로 주위를 응시하면서 남궁가휘가 따뜻한 웃음을 띠면서 일어섰다.

"제가 철없이 무림에 출도해서 처음 보았던 정도는 정도가 아니었습니다. 그동안 알고 있었던, 그리고 제 마음속에 정의롭다 생각했던 것 역시 사실이 아니더이다. 모두가 자신의 목적이라면 친구와 형제도 배신할 수 있는 비정한 무림인들이었습니다. 정의보다는 자파가 우선이고, 자신의 힘을 키우기 위해서라면 추악한 일도 서슴없이 하고 있는 것이 바로 무림인이고, 정도였습니다. 지금 무림은 귀원련의 무인들에 의해서 위기를 맞고 있습니다. 어쩌면 저희들에게는 위기겠지만 그들에게는 정의일지도 모릅니다. 누군가 제게 말을 하더군요. 정의란 것은 힘있는 자들의 것이라고요. 힘이 없는 정의는 정의가 아니라 했습니다."

남궁가휘는 잠시 말을 끊었다.

모두가 자신의 입을 바라보고 있었다. 가주가 된 이후로 처음으로 자신의 생각을 밝히고 있었다.

"일전에 무림맹에서 저는 노호광창이란 무인을 만났습니다."

"뭣?"

“그자를?”

“그는 죽은 것이 아니었습니까?”

“사천혈사의 영웅이?”

“음…….”

남궁가휘의 말에 남궁창천과 남궁무를 제외하고는 모두가 경악성을 내뱉었다.

“저도 처음에 그가 노호광창이라는 사실을 믿을 수 없었습니다. 하지만 그는 번듯이 살아 있더군요. 그는 어린 시절 제가 읽었던 위인집 속의 인물이 아니었습니다. 그는 단순한 살육자였고, 어둠 속에서는 ‘전귀’라는 이름으로 불리우더군요. 하지만 그와 함께하는 이들은 어느 누구보다도 정의로웠습니다. 아무리 강대한 세력에도 맞서 싸웠습니다. 하긴 마교의 교주와 싸웠을 때는 저도 깜짝 놀랐으니까요.”

“교주와?”

“그런?”

믿을 수 없는 일이었다. 하늘 아래 누가 있어서 저 무시무시한 마교주와 싸울 생각을 한단 말인가?

“지금 세력을 보존하기 위해 그들에게 머리를 숙이자고요? 그것이 정의입니까? 그것이 수백 년의 전통을 이어온 창궁의 뜻인 것입니까, 아버님?”

남궁가휘가 전대 가주 남궁창천을 향해 물었다.

“…….”

자신의 아들의 물음에 남궁창천은 할말이 없었다.

"가휘야, 하지만 상황이……."

남궁무마저 걱정 어린 목소리로 말했다.

"그럼 돌아들 가십시오. 저는 이곳에서 마지막까지 싸우겠습니다. 제가 아는 정도를 지키기 위해 마지막까지 그들의 걸음을 멈추겠습니다. 그것이 저의 대의이고 의지입니다."

남궁가휘는 못을 박듯이 말했다.

모두가 말을 하지 못했다. 정의로움은 넘쳤으나 지금은 때가 좋질 않았다.

"크흠! 좋네. 나는 자네를 따르겠네."

누군가 카랑카랑한 목소리로 남궁가휘를 향해 말하자 모두의 눈이 그를 향했다. 그는 북해의 빙한검 설한철이었다.

"나는 무인일세. 나는 나의 의지로 살아가는 무인일세. 그대의 의지 함께해 주겠네. 무인이 타인의 힘에 눌려 의지를 꺾는다면 그것은 더 이상 무인이 아니네. 그렇다면 칼밥을 먹지 말아야지. 암!"

설한철은 한마디 한마디를 힘주어 말했다.

냉막한 인상과는 달리 그의 얼굴에서는 기개가 넘쳐흘렀다.

"우리 북해의 무인들은 절대로 타인에게 의지하지 않네. 여기 빙한검 설한철 이하 북해의 검수 칠백은 남궁세가나 사돈으로서가 아니라, 자신의 의지를 가진 무인 남궁가휘의 뜻에 동조하네. 앞으로 잘 부탁하네.”

이미 동맹 관계인 북해빙궁이었다. 하지만 그는 한 사람의 무인으로서 남궁가휘에게 동맹의 뜻을 보인 것이었다.

“감사합니다.”

남궁가휘는 설한철을 향해 굳은 미소를 띠며 포권을 했다.

그렇게 회의는 끝이 났고, 남궁가휘를 제외하고는 모두가 굳은 인상으로 천막을 걸어나갔다.

세가의 역사를 지킬 것인가, 아니면 무인으로서 죽을 것인가의 문제는 이미 전통이라는 것을 가지고 있는 이들에게는 무척이나 힘든 양 갈래의 선택이었던 것이다.

회의가 있은 후 남궁세가의 진영에서는 무수히 많은 이들이 빠져나갔다. 그동안 남궁가와 함께했던 중소 방파들은 무기를 챙겨 자신들의 터전으로 돌아갔고, 남궁세가가 운영하던 무관의 무인들도 미안해하면서 돌아갔다. 지금의 남궁세가와 함께하기에는 위험이 너무나 컸기 때문이다.

결국 모두가 돌아가고 남궁가의 진영에 남아 있는 무인들의 수는 고작 천여 명을 넘지 못했다. 북해빙궁의 무인들이 칠백여 명을 헤아리니 실제로 남궁가의 무인은 삼백여 명뿐이었다.

그들의 기다란 행렬을 멀리서 지켜보던 남궁가휘는 씁쓸한 웃음만을 띨 뿐이었다.

앞으로 이틀.

귀원련이 남궁세가에 준 기간이었다.

이틀 후면 그들의 본대가 밀고 들어올 것이고, 만여 명의 무인을 일천의 무인으로 막아내야만 했다. 더구나 그 속에는 혈교의 독강시들도 다수 끼어 있을 것이고, 흑룡성의 초고수들도 함께 올 것이다. 어쩌면 반나절도 채 못 견디고 무너질 수도 있는 일이었지만, 남궁가휘는 크게 심호흡을 하면서 마음을 다잡았다.

3

이틀 후 안휘성의 근교의 포양호 강변.

일대 접전을 위해 모인 수많은 이들이 숨을 죽였다. 이제 마지막이었다. 귀원련으로서는 안휘성의 남궁가만 무너뜨리면 중원이 완전히 자신들의 손에 들어오는 것이다. 사실 남궁가를 무너뜨리지 않고도 애초의 목적이던 명을 손에 넣는 것은 우스운 일이었다.

그런데 왠지 그러고 싶지 않았다. 귀원련주인 호라크는 왠지 남궁가를 무너뜨리지 않으면 안 될 것만 같은 기분이 들었다.

마교주의 경고.

아직 그가 말한 남자는 자신의 눈앞에 나타나지 않았지만,

왠지 모르게 신경이 쓰였다.

이미 혈교는 북무림의 대다수를 휘하에 넣었다. 저항하던 오가회의 황보세가가 머리를 숙이고 혈교 예하로 들어가 버리자 하북 지역에서부터 길림 성도까지의 모든 중소 방파가 귀원의 아래에 들어온 것이다.

그런데 오직 남궁가만이 고집을 피우고 있는 것이다.

물론 흑룡성을 막기 위해 포양호 강변으로 본가의 무인들이 나와 있기 때문에 안휘 성도에 위치한 그들의 본가를 쑥대밭으로 만들어 버릴 수도 있었다. 그리고 이제껏 그래왔다. 하지만, 호라크는 정면으로 승부하고 싶었다. 그렇기에 남궁가만큼은 직접 온 것이었다.

"나타."

호라크는 조용히 자신의 아들을 불렀다.

흑룡성에서는 황태진이라는 이름으로 불리면서 천잔도를 밀어내고 성주가 된 인물이었으며, 자신이 성주가 되고 귀원련이 선포되자마자 흑룡성 내에서 자신의 정체를 밝히고 반항하는 모든 이의 목을 베어버렸다.

황태진의 친부인 황석은 그동안 속아왔던 울분을 토해내면서 덤벼왔지만, 이미 흑룡성주의 모든 무공과 비사문의 무공에 대해서 모두 배우고, 좋다는 영물이며 영초를 다 처먹고 힘을 기른 나타의 상대가 되지 못했다.

"예, 아버님."

"하만이 죽었다는구나."

쓸쓸한 음성이었다.

주첨기를 완전히 죽이기 위해 자금성으로 잠입했던 자신의 셋째 아들이었던 하만이 이유도 밝혀지지 않은 채 죽임을 당했다고 한다.

호라크는 마교에서 돌아오자마자 들은 비보에 얼마나 침통해했던가.

"그렇습니다. 하나 조금만 참으십시오. 곧 무림이 정벌되면 내일이라도 당장 칸께서 군대를 끌고 와 하만의 복수를 해주실 겁니다."

"그래, 그렇겠지. 나타, 이제 마지막이구나. 저 남궁세가와 북해빙궁의 쓰레기들만 치우면 이제 곧 우리 달단의 세상이 열리겠구나."

"예, 아버님."

귀원련주는 나타의 말을 들으면서 자신들과 대치한 남궁가의 무인들을 향해 시선을 돌렸다. 대다수가 북풍의 대지에 서온 북해의 무인으로 중원의 무인들은 얼마 되어 보이지 않았다.

하나 그의 시선은 남궁가 세력의 중앙에 위치한 한 무인에게 향해 있었다.

자신들을 향해 노려보면서 결연한 의지로 두 다리를 대지에 딛고 서서 청백색으로 빛나는 눈부신 검신을 가진 검을 든 무인.

몸으로 전해져 오는 공력은 그다지 크게 신경 쓰이지 않았으나 그의 기세만은 묘하게 자극적이었다. 이미 인간으로서의 한계를 넘고 있는 자신이었음에도 왠지 모르게 신경을 거슬리게 만드는 그의 기세는 알 수 없는 불안감이 생기게 했다. 혹시 마교주가 말한 그 남자가 저자일까? 하고 생각하는 귀원련주가 자신의 아들 나타에게 물었다.

"저자는 누구지?"

턱짓으로 가르킨 귀원련주의 물음에 나타가 시선을 돌렸다.

"그는 현 남궁가의 가주입니다. 근래에 들어 남궁가의 모든 무공을 절정으로 익혀냈다고 들었습니다. 검협이라 불린다 하더군요."

"으음, 검협이라……."

"네, 일전에 흑룡성 예하의 모두충을 보냈는데, 그걸 혼자서 막아냈다고 하더군요. 아마도 그의 무공은 저와 거의 근접한 수준일 것입니다."

나타의 말에 귀원련주는 놀랍다는 표정으로 눈에 이채를 띠었다.

"대단하구나. 아직 약관을 넘긴 지 얼마 되지 않은 얼굴이거늘."

"하나, 혼자일 뿐입니다. 어차피 대세는 저희에게 있습니다. 손을 가려 하늘에서 내리는 소나기를 피할 수는 없는 법이지요."

"으음……."

그랬다. 이미 대세는 기울었다. 아무리 뛰어난 자라 하더라도 귀원련의 세력을 막을 순 없다. 이곳에 모인 귀원의 수만 무사들은 삼류 낭인 무사도 있었지만, 절정을 넘어선 이도 수없이 많았다. 뭣하면 자신이 나서면 되니까. 이미 귀원련은 천하제일인이라는 마교주가 나서도 막을 수 없는 정도의 힘을 가지고 있었다.

"일단 제가 나서겠습니다. 수적으로 많은 차이가 나니 일단은 아군의 사기를 올리는 것이 중요할 것입니다."

남궁가휘는 시커멓게 모여든 귀원련의 무사들을 보며 안색을 굳히며 설한철에게 말했다.

"아닐세. 그건 아니 될 말이네. 어찌 수장이 처음부터 나선단 말인가? 자넨 이곳의 중심일세. 그리 함부로 몸을 굴릴 만한 인물이 아닐세."

설한철은 고개를 저었다.

지금 남궁가의 세력 중 가장 강한 무공을 지닌 이는 자신이 아니라 남궁가휘였다. 함께 있는 검왕도, 남궁무도 지금의 남궁가휘에게는 미칠 수 없었다. 뿐만 아니라 며칠 전 남궁가휘가 명상 중에 피를 토했다고 들었다. 분명 무언가 새로운 깨달음을 얻었을 것이다. 어쩌면 그는 이미 인간의 한계를 초월했을지도 모른다. 더구나 그의 신분은 남궁세가의 가주. 그리고 지금 모인 천여 무인의 수장이었다. 혹여 그가 나가서 무슨 일이라도 당하게 되면 저항하던 남궁가의 세력이 일시에 무너져 내릴 수도 있는 일이었다.

설한철은 남궁가휘에게 웃어주면서 천천히 역사에 장식될 그 일보를 내딛었다.

대치한 두 세력의 중앙에 나온 설한철은 깊이 숨을 들이켜고는 귀원련을 향해 외쳤다.

"본인은 북해의 빙한검이라 한다. 감히 족보도 없는 귀원의 개들이 함부로 이곳에 발을 들이다니. 와라, 내가 상대해주마!"

그는 귀원련의 수만 무사를 향해 낭랑히 외쳤고, 그 소리는 내공의 울림을 따라 포양호 강변의 곳곳에 울려 퍼졌다.

"저자는 북해의 무인이군……."

"예. 알아본 바에 의하면, 북해에서 빙궁주 다음으로 가장 강하다는 설한철이라는 검객이랍니다. 빙계의 검술을 극한으로 익힌 강자입니다. 저들 중에서 남궁가의 수장을 제외하고는 가장 강하다고 하더군요."

“그렇군.”

귀원련주의 관심은 오로지 자신의 신경에 거슬리는 남궁가휘뿐이었다. 설한철 따위야 아무래도 좋았다.

“제가 다녀오겠습니다.”

나타는 조심스레 고개를 숙이고는 몸을 돌리려 했다. 그때 귀원련주가 손을 들어 제지했다.

“아아, 아니야. 그리 성급히 네가 나갈 필요는 없다. 아마도 저들은 이번 싸움에서 기세를 잡고자 하는 모양이구나. 하나 어차피 기세를 잡는다 해서 뒤집힐 형세가 아니다. 그러니 차라리 련에 소속된 중원 무인을 내보내려무나. 나는 아직 그들의 실력을 본 적이 없구나.”

귀원련주는 무덤덤하게 말했다.

“알겠습니다.”

나타는 미소를 지으면서 고개를 숙였다.

“부당주.”

그는 말에 누군가 걸어나왔다.

그는 바로 과거의 패도련주로, 피를 토하면서 정의를 부르짖었던 자가 아닌가. 그런데 어찌 그가 귀원련에 있단 말인가?

“예! 당주!”

격정에 찬 목소리로 우렁차게 대답하는 언가풍.

“설한철이라고 그대도 잘 아는 인물일 터. 그대의 충심을 보여주시게."

"이를 말입니까? 련주님이 베풀어주신 은혜로 절정의 무인이 되어 무림에 이름을 떨쳤거늘… 제가 가서 놈의 대가리를 바스러뜨리고 오겠습니다."

언가풍은 자신을 지목해 줘 되레 감사하다는 말투였다.

그리고는 귀원련주를 향해 고개를 숙이고는 천천히 걸어나갔다.

"아니! 저자는?"

귀원련에서 걸어나오는 언가풍의 모습에 남궁창천이 경악성을 토했다.

"어찌 저자가 귀원련의 개가 되었단 말인가!"

남궁창천의 말에 곁에 있던 남궁무가 의문스럽게 물었다.

"웅? 그가 누구냐?"

"예, 아버님. 저자는 전임 패도련주입니다. 일전에 말씀드린 적이 있었지요. 정도의 미래를 이끌어갈 인물이라구요. 더구나 그의 언가권이 일절이라고요."

"으음, 그런데 그가 어찌 저곳에 있단 말이냐."

"글쎄요. 그리 쉽게 휘둘릴 인물이 아니라 생각했거늘……."

어느새 설한철과 언가풍이 마주했다.

"본인은 귀원련 제이당 소속의 부당주 언가풍이라고 하오."

언가풍이 예의상이라도 포권을 해왔고, 그런 그를 게슴츠레하게 쳐다보면서 설한철이 비웃었다.

"잘 알고 있지. 귀원련의 개가 된 정도인. 언가권을 대성해 중원의 오대권사에 들었다 했던가? 하나 그 정도로 나를 이길 순 없네."

"허허, 그대의 위명은 잘 알고 있지요. 하나 알려진 것이 다는 아니지요."

언가풍은 천천히 언가권의 기수식을 취하면서 자세를 낮추었다.

실실대며 웃고 있던 그의 표정은 자세를 잡음과 동시에 사라져 버렸다. 팽팽할 정도로 강력한 기세가 순식간에 설한철의 몸으로 느껴져 왔다.

'우웃! 역시 오대권사의 이름은 거저 얻은 것이 아니군. 이거 의외로 힘들어질지도 모르겠는걸?'

상대를 우습게 생각했던 설한철의 눈빛이 차갑게 빛나기 시작했다.

"와라!"

파앗!

언가풍의 신형이 땅을 박차고 순식간에 설한철의 앞으로 쇄도하기 시작했다.

파앙!

언가풍의 권은 생각 외로 대단했다. 설한철이 그의 권을 본 것은 처음이었다. 또한 언가풍도 설한철의 검을 보는 것도 처음이었다.

권격에 실린 기운이 엄청난 회오리를 일으키면서 설한철의 가슴께로 뻗어졌고, 설한철은 좌측으로 몸을 비틀면서 언가풍의 주먹을 베어 올렸다.

냉기를 가득 머금은 검이 언가풍의 팔 어림을 노리고 솟구쳐 올랐다. 순식간에 베어버릴 듯한 예기가 팔을 치는 순간, 언가풍의 주먹이 사라지면서 바닥으로 꺼지더니 어느새 설한철의 하단을 원앙각이 쓸어왔다.

"우웃!"

절묘한 권격이다. 주먹에 실린 공력으로 봤을 때 절대 허초가 아니었다. 한데 어느새 거두어져 다리를 노린 공세가 들어오자 설한철은 헛바람을 집어삼키고는 하늘로 뛰어오르면서 작은 원을 그리며 검기를 지면으로 뿌렸다.

파파팍!

냉기의 기운이 금세 대기에 퍼진 수분을 얼리면서 언가풍을 향해 날아가자 그는 낮은 자세에서 튕겨 나가듯이 뒤로 몸을 이동시켰다.

"대단하군. 과연 오대권사일세."

설한철이 탄성을 터뜨렸다.

"과찬의 말씀."

"좋네. 자네를 경시했던 것을 사과하네. 이번엔 진짜로 보여주지, 진정한 빙검을."

설한철은 심호흡을 하면서 자신의 검을 지면에 꽂아버렸다.

"호오, 권각으로 상대하실 생각입니까? 검을 들어도 어찌될지 모를 판인데요?"

설한철이 자신의 검을 버리자 언가풍이 나지막하게 비웃었다.

"설마? 북해의 검은 쇠붙이 따위가 아닐세. 그것은……."

설한철이 자신의 오른손을 쫙 펴면서 웃었다. 그러자 갑자기 엄청난 공력이 회오리치듯이 설한철의 몸을 타고 올랐다.

쩌저적!

그를 중심으로 동심원을 그리듯이 퍼져 나오는 차디찬 냉기.

순간 그들이 있던 곳에 겨울이 된 듯이 한풍이 휘몰아치기 시작하자 모여 있던 무인들의 입가에는 새하얀 입김이 새어 나왔다. 언가풍은 갑작스러운 대기의 변화에 마른침을 삼켰다. 어찌 인간의 힘으로 대기의 흐름을 바꾼단 말인가? 생각해 보지도 못한 힘이었다. 더구나 설한철의 펴진 손으로 모여드는 냉기는 서서히 하나의 형상을 갖추기 시작했다. 엄청난 냉기를 가진 기운. 투명한 검신을 가진 빙검은 마치 설한철의 손아귀에서 빠져나온 것만 같았다.

"그것은 바로… 냉기를 압축하여 만드는 얼음의 검이지."

어느새 설한철의 눈이 투명하게 변했다.

"저, 저것은? 청옥심경!"
멀리서 상황을 지켜보던 남궁무의 입에서 탄성이 터져 나왔다.
"예?"
남궁창천이 물었다.
"으음, 그가 청옥심경을 익히고 있었군. 어쩐지 지난번에 가휘에게 너무 쉽게 패했다 했더니, 저런 무공을 익히고 있을 줄이야……."
"아버님, 도대체 청옥심경이 무엇이길래?"
"그건… 저 청옥심경은 북해의 정수다. 빙궁의 최강자들만이 익히는 무공이다. 빙궁주가 된 자도 함부로 익힐 수 없는 것이지. 청옥심경을 익힌 자는 빙궁의 수호신으로 불린다. 절전된 지 오십 년도 넘었다고 전해지는 청옥심경의 전수자가 있었을 줄이야……."
그랬다. 설한철이 쓰고 있는 무공은 절대심결인 청옥심경이었다.
일순간 인간의 감정 따위를 완전히 배제하는 완전 무결의 빙계 무공이라 불리는 청옥심경.
시전자의 능력을 세 배 이상 이끌어내는 빙궁의 절대무공이었다.

"누, 눈이?"

설한철과 마주한 언가풍은 엄청나게 놀라고 있었다.

자신을 바라보는 푸른빛이 도는 투명한 눈. 그 깊이를 알수 없을 정도로 강렬한 눈이 자신의 폐부를 찌르고 들어오는 것만 같았다.

설한철은 말없이 언가풍을 노려보다가 자신의 손에 만들어진 얼음검을 휘둘렀다.

"극의빙룡!"

빙검을 따라 흘러내온 엄청난 냉기가 대기를 얼리면서 언가풍을 향해 날아갔다.

쩌억! 쩌저적!

냉기를 따라 대기가 얼리면서 거대한 빙룡이 되어서 천천히 다가갔다. 언가풍은 그 위력에 놀랐지만 너무도 느린 움직임이었기 때문에 큰 어려움 없이 피해낼 수 있었다.

엄청난 위력에 강력한 힘을 가지고 있었지만 상대를 맞추지 못하면 힘만 소비할 뿐이었다.

"빙룡은… 한번 인지한 대상을 놓치지 않는다. 분(分:나뉘어라)!"

쉽게 피해 버린 언가풍을 비웃으면서 설한철이 나직하게 말했다. 이를 전해 들은 언가풍은 그의 말의 의미를 알지 못해 어리둥절한 표정을 지었다가 갑작스럽게 자신의 뒤에서 느껴져 오는 기운에 대경하면서 허리를 앞으로 접었다.

수십 개로 나뉘어진 냉기가 아슬아슬하게 그의 등 어림 위를 스치고 지나갔다.

식은땀이 흘렀다. 만약 허리를 굽혀 피해내지 못했다면 날카로운 냉기가 자신의 몸을 뚫고 지나갔을 것이다.

겨우 피했다는 생각에 안도의 숨을 내쉬려던 언가풍은 들을 수 있었다, 자신을 비웃는 설한철의 말을. 그리고 그는 더 이상 생각이란 것을 할 수가 없게 되었다.

"빙룡을 너무 우습게봤군."

피해내었다 생각한 수십 개로 화한 빙룡이 마치 살아서 움직이는 것처럼 방향을 회전하면서 언가풍을 향해 떨어져 내렸다.

콰콰콰쾅!

수백 개의 얼음 기둥이 지면을 때리면서 폭음을 만들어냈고, 빙한의 검기가 떨어져 내린 십 장여의 지면이 거대한 얼음으로 화했다. 초목들은 새하얀 얼음으로 뒤덮여 삽시간에 북해의 그것마냥 변했다. 충격의 여파에 휩쓸린 언가풍 역시 그 힘을 피해내지 못하고 얼음 동상처럼 변해 버렸다. 자신의 절기는 제대로 펼치지도 못한 채 그 생을 마감한 것이다.

그런 엄청난 상황을 연출한 설한철은 여전히 처음과 같은 무덤덤한 표정을 지으면서 검극을 들어 귀원련주를 향했다.

"흐흠, 저것이 북해의 힘인가? 대단하군."

찬사가 절로 터져 나올 정도의 신위였다. 귀원련주는 갑작스럽게 북해가 탐나기 시작했다. 저 정도의 힘이라면 앞으로 건설할 북원에도 엄청난 도움이 될 터였다.

"그렇군요. 저도 북해의 무공을 본 것은 처음입니다만… 놀랍기 그지없습니다."

나타 역시 감탄을 금치 못했다.

귀원련주와 흑룡성주 나타가 감탄을 하고 있을 무렵, 설한철의 빙검이 또다시 빛나기 시작했다.

"모조리… 꿰뚫어주마. 빙탄!"

설한철이 들고 있는 빙검의 끝에서 작은 파문이 일어나기 시작했다.

그리고 조그마한 공처럼 냉기가 모여들더니 그 압축된 힘을 이기지 못하고 요동을 치기 시작했다.

츠츠츠츠.

방금 전 극의초식인 빙룡을 시전할 때만큼은 아니지만 그에 근접할 정도의 냉기가 모여들었다.

"가라!"

피슈웃!

검극에 모인 냉기가 빛살과도 빠르게 귀원련주를 향해 쏘아졌다.

눈으로 쫓지 못할 정도로 엄청난 속도였다.

"감히!"

설한철이 쏘아낸 빙탄의 기운이 귀원련 무사들을 지나 막 귀원련주의 앞으로 다가왔을 때, 나타가 인상을 쓰면서 앞으로 나서면서 소매를 떨쳐 냈다.

쿠아앙!

빙탄은 나타의 소매를 때리면서 터져 나가며 응축되어 있던 냉기가 사방으로 튀어나갔다.

"으음……."

완전히 막아냈다 생각한 나타의 어금니가 으드득 소리를 내면서 깨물어졌다.

막아낸 소매가 빙탄의 한기에 완전히 얼어붙은 것이다. 차가운 냉기가 소매를 타고 느껴져 왔다.

적의 공격에 자신의 소매가 얼어붙자 화가 치민 나타는 빙탄을 쏘아낸 설한철을 노려보았다. 그의 눈에 보인 것은 이미 새로운 공력을 모으고 있는 설한철의 모습이었다. 더구나 검극을 손으로 잡아 부러질 정도로 휘어 활처럼 구부린 그에게서는 이전보다 더욱 강력한 기운이 느껴져 왔다.

무심한 설한철의 눈빛이 다시 한 번 귀원련주를 향했다.

"이번엔 좋은 놈을 선물해 주지. 꿰뚫어라, 대빙탄!"

검극을 잡고 있던 손이 펼쳐졌다.

휘어졌던 탄성으로 빙검이 채찍처럼 앞쪽으로 휘어짐과 동시에 빙검이 설한철의 손을 떠나 엄청난 회전을 일으키며 쏘아져 나갔다.

휘리리링!

빙검에 실린 기운과 그 속도가 감히 경시할 수 없는 것임을 본능적으로 느낀 나타가 인상을 굳히면서 자신의 도을 뽑아 올렸다.

그리고는 번개가 무색할 정도로 빠르게 다가오는 극빙의 기운을 향해 일도을 펼쳤다.

한 번의 휘두름.

엄청난 힘과 속도를 가진 일도는 휘두르는 도신이 보이지 않을 정도였고, 그 속도를 따라 새하얀 기운이 뻗어져 수만 갈래의 변화를 일으키기 시작했다.

하나가 둘이 되고, 둘이 넷이 되고, 넷은 다시 여덟으로 변하며 종래에는 수천 개의 도기가 하늘을 뒤덮기 시작했다.

새하얀 검기가 하늘을 뒤덮을 정도로 촘촘히 뿌려지니 이를 하늘을 헤치는 도, 천잔도라 한다.

한 번의 휘두름으로 팔만 오천여 개의 도기를 펼쳐 내는 절대도법. 그건 바로 흑룡성주에게서 전승되는 천잔무극도였다.

콰류류류류!

팔만 오천여 개의 도기가 설한철이 펼친 대빙탄의 기운을 조각내듯이 잘라내면서 전진하기 시작했다.

하나 나타의 도는 그 휘두름을 멈추지 않고 계속해서 휘둘러지면서 새로운 도기를 만들어냈다.

"천잔무극도 일식, 파황무극도!"

강대한 도강이 반월형의 문양을 그리며 설한철을 향해 날아갔다.

휘류류류!

"빙극패!"

대빙탄을 떨쳐 내고 일순간에 많은 공력을 사용한 설한철은 어느새 근처까지 다가온 도강의 기운에 최고의 방어기인 빙극패를 만들어 온몸을 보호했다.

쿠아아앙!

도강과 빙극패가 부딪치면서 굉음을 토해냈다. 도강이 부딪치는 순간 빙극패의 기운을 비스듬히 하여 도강을 튕겨낸 설한철은 낮은 자세로 지면을 쓸 듯이 나타를 향해 쏘아져 갔다.

"설련화!"

나타의 하단을 쓸어가면서 마구잡이식으로 휘두른 설한철의 검에서 대지에서 투명한 얼음 꽃이 피어났다.

"만개!"

설한철의 검이 꽃잎이 떨어지듯 날카로운 비수가 되어 나타의 전신을 향해 솟구쳐 오르자 나타는 몸을 띄우며 온몸을 비틀어 도기를 뿌렸다.

한 호흡 만에 수차례의 공격을 주고받는 나타와 설한철이었다.

"뇌격칠보!"

나타는 자신의 몸을 향해 숫구치는 설련화를 향해 공중재비를 돌아 일보를 찍어내렸다. 발바닥에 엄청난 힘이 실린 공력이 얼음 꽃을 바스러뜨리면서 지면을 때렸다.

꾸앙!

단지 한 걸음일뿐임에도 엄청난 위력이 대지를 파헤쳤다.

그런데 그것이 끝이 아니었다. 번개가 떨어지는 듯한 일곱 번의 발걸음이라는 뇌격칠보는 계속해서 펼쳐지고 있었다.

두 번째 발걸음이 검을 펼친 설한철의 몸 위로 떨어졌다.

꾸아앙!

설한철은 다급히 손바닥으로 지면을 때려 몸을 빼 가까스로 피했으나 나타의 발걸음은 마치 그런 그를 밟으려는 듯이 그 뒤를 쫓아 세 번째 발걸음을 펼쳤다.

하늘에서 떨어져 내리는 번개가 쇠붙이가 있는 곳이라면 놓치지 않고 떨어지는 것처럼 마치 설한철의 몸을 향해 나타의 발걸음이 떨어졌다.

꾸아앙!

세 번째 발걸음의 여파는 앞서의 두 번보다 훨씬 강력했다.

지면을 때린 기운의 여파가 설한철에게 미치기 시작했다.

"크윽!"

정면으로 당하진 않았지만 어느 정도 충격으로 내력이 진탕되었다.

그리고 이어진 네 번째 발걸음.

설한철은 도저히 피해낼 수가 없었다, 이미 한 번 내력이 흔들리면서 청옥심경이 깨어져 버렸기에. 더 이상 조금 전까지의 움직임을 낼 수 없던 설한철의 등 뒤로 나타의 미소와 함께 거대한 뇌격의 기운이 떨어져 내리고 있었다.

나타의 입가에 사악한 미소가 지어졌다.

"빙극패!"

피할 수 없음을 직시한 설한철은 온몸의 공력을 끌어올려 거대한 얼음 방패를 만들고 그 위에 새로 또 하나의 얼음 방패를 만들어 덧씌웠다.

두 겹의 빙극패와 뇌격의 기운을 머금은 발걸음이 정면으로 부딪쳤다.

쿠아앙!

얼음의 방패가 순식간에 깨어져 나가며 설한철은 뇌격의 기운을 온몸으로 막아내야만 했다. 그나마 다행스러운 것은 빙극패에 의해 뇌격사보의 기운이 조금이나마 줄어들었다는 것이다.

"쿠헉!"

설한철의 입에서 피가 토해졌다.

심하게 내상을 입은 것이다.

그리고 그런 그를 완전히 말살시키기 위해 나타의 다섯 번째 발걸음이 그를 향해 떨어져 내렸다.

절체절명의 순간, 두 배는 더 강해진 뇌격의 기운이 설한철을 향해 떨어져 내릴 때 누군가 그의 몸을 안고 대지를 굴렀다.

쿠아앙!

가까스로 설한철을 구해낸 이는 남궁가휘였다.

남궁가휘는 설한철을 둘러메고는 나타의 뇌격보를 피해 격공보를 펼쳐 달아났다. 만약 혼자만의 몸이라면 막아내 볼 요량이겠지만, 나타가 펼친 뇌격칠보는 한 사람을 보호하면서 막아낼 수 있는 정도의 위력이 아니었다. 뿐만 아니라 연이어 펼쳐지는 발걸음은 수가 더해갈수록 더욱 강한 힘을 보여주었다.

두 번이나 더 남궁가휘와 설한철을 쫓아 떨어진 나타의 발걸음이 마침내 멈추어졌다.

격전장이 마치 일곱 개의 서로 크기가 다른 운석이 떨어진 듯 폐허가 되자 모여 있던 모든 무인이 나타의 가공할 무공에 경악할 수밖에 없었다.

"휴우."

그제야 공격을 마친 나타를 보면서 남궁가휘가 한숨을 내쉬며 설한철의 맥을 짚었다.

설한철의 내상은 심각할 정도였다. 시급히 치료를 하지 않으면 위험한 지경.

남궁가휘는 나타를 경계하면서 신속하게 설한철의 혈도를 짚고 남궁가의 진형으로 물러났다.

그리고 그 순간, 나타의 입가에 만족스러운 미소가 떠오르면서 그의 손이 가볍게 들려졌다가 앞으로 뻗어졌다.

"설마?"

그런 나타의 행동에 인상을 쓰는 남궁가휘는 자신의 생각이 틀리기를 바랐지만, 그의 생각은 보기 좋게 빗나갔다. 귀원련의 무사들이 나타의 손짓에 따라 남궁가의 무사들을 향해 진격하기 시작한 것이다.

"제기랄!"

서둘러야 했다. 설한철이 위험했다. 남궁가휘는 고개를 돌려 북해의 무사를 바라보면서 설한철을 던져 버리고는 자신의 검을 뽑아 쏟아지듯이 공격해 오는 귀원련의 무사들을 향해 검을 휘둘러 갔다.

"창궁만리!"

서둘러 떨친 남궁가휘의 검이 검기의 향현을 펼쳤다.

남궁가휘의 검에서 뻗어나온 청백색의 검기는 허공을 흐르는 바람처럼 귀원련 무사들의 틈을 파고들었다.

"큭!"

"끄아아악!"

청백색의 검기가 달려오는 귀원련 무사들의 선두를 꿰뚫

고 마주한 모든 것을 잘라내 버렸다. 하나 수만에 달하는 무사들을 한 수로 막아낼 수는 없었기에 남궁가휘는 곧 제이검을 휘둘렀다.

"일검파지!"

비산하듯 솟아오른 수천 다발의 검기가 무인들의 머리 위로 떨어져 내렸고, 미처 피하지 못한 이들은 머리가 반 조각이 나며 절명했다.

남궁가휘의 공방을 시작으로 남궁가와 북해의 무사들 역시 격전장을 향해 뛰어들었다.

설한철이 쓰러져 분노한 북해의 무사들은 냉기를 가득 머금은 검기를 펼쳐 내면서 달려오는 귀원의 무사들을 닥치는 대로 베어내기 시작했다.

수만 대 일천의 싸움이었지만 그들의 격돌은 팽팽한 접전을 보였다. 하지만 수적의 열세는 막아낼 수 없는 법이었고, 결국 한 사람당 수십 명의 무인을 상대해야 하는 남궁가와 북해의 무사들은 조금씩 내력이 떨어져 갔다.

그런 그들을 멀리서 지켜보는 귀원련주는 무척이나 흥미로운 표정을 지었다.

"놀랍군. 일천의 무인 모두가 절정의 수준을 넘은 자들이라… 과연 무너뜨리려 생각한 것은 잘한 것이었군. 그냥 놔두었다면 앞으로의 행보에 무척이나 방해가 되었을 것이야."

싸움은 극한으로 치닫고 있었다.

이미 남궁가와 북해의 무사들은 반수 이상이 고혼이 되었다. 하지만 팔이 잘리고 내장이 쏟아져 나가면서도 한 사람이라도 더 죽이려 악전고투하는 그들의 모습은 악귀와도 같았다.

그리고 그중에서도 남궁가휘의 활약은 눈부실 정도였다.

그의 검에서 검기가 쏟아질 때마다 수십 명의 무인이 목숨을 잃었다.

그의 검은 남궁가의 사라졌던 수많은 검법을 시전해 내었다. 창궁검법은 물론 제왕검법까지…….

수십 마리의 늑대에 둘러싸인 호랑이마냥 닥치는 대로 적을 베고 쓰러뜨렸다.

이미 온몸은 적의 피로 적셔져 마치 혈인이 된 것 같았다.

"으아압!"

쉴 새 없이 달려드는 적들을 향해 남궁가휘의 기합성과 함께 엄청난 기운이 터져 올랐고, 그의 주위에 있던 수십 명의 무사가 휩쓸리면서 사방으로 튕겨 나갔다.

"허억… 허억……."

세 시진 이상이나 계속된 싸움은 남궁가휘로서도 참아내기 힘들었다.

북원 정벌 시에는 대부분의 달단족이 외공을 수련했던 덕분에 초식과 기운을 나누어 쓰는 것만으로도 오랜 시간을 버틸 수 있었다. 하지만 지금의 상대는 무림에서도 내로라하는 흑룡성과 무수히 많은 방파의 무인들이다. 개중에는 절정을 넘어선 자들도 있었고, 극의를 바라보는 이들도 있었다. 또한 낭인 검객들의 일 수 일 수는 위급함을 만들어내기도 했다.

아무리 가진바 공력이 많다고 해도 세 시진을 쉬지도 않고 검기와 검강을 뿜어낸다는 것은 이미 인간의 한계를 초월한 남궁가휘에게도 벅찬 일이었다.

더구나 반대편에서 싸우고 있는 신임 흑룡성주는 적임에도 탄성이 나올 만한 무공을 가지고 있었다. 청옥심경을 발현한 설한철이 그의 뇌격신보에 중상을 입고 쓰러졌다. 만약 그와 싸운 것이 자신이었다 해도 이길 수 있다 장담하기는 어려웠다.

"제기랄!"

남궁가휘의 눈에 자신의 부친인 검왕 남궁창천의 팔이 하늘로 날아가는 광경이 보였다.

그리고 그 앞에서 비웃음을 짓고 있는 흑룡성주.

화가 났다. 당장이라도 흑룡성주에게로 달려가 복수를 하고 싶었지만 베어도 베어도 쉴 새 없이 달려드는 귀원련의 무사들로 인해 도저히 몸을 뺄 수가 없었다.

베고 나면 금세 새로운 무인으로 채워지고 있었다.

이대로 가다가는 자신이 처음 계획한 대로 귀원련주의 목을 베지도 못한 채 모두가 몰살당할 수도 있었다.

"제길……."

정말이지 욕설이 절로 나오는 상황이었다.

남궁가휘는 이가 갈리는 소리가 날 정도로 입을 다물고는 자신의 검을 잡은 손에 힘을 주었다.

회오리가 모이듯이 남궁가휘의 몸에서 타고 오른 공력이 검신을 타고 뿌려졌다.

"창궁만파!"

남궁가휘의 창궁검이 포양호의 강변을 향해 새하얀 빛무리를 뿌렸다. 수십여 개의 검기가 귀원련의 무사들을 향해 날아올랐다.

"닥치는 대로 죽여주마!"

남궁창천의 부상이 아마도 그의 분노를 자극했던 모양이었다.

남궁가휘는 한 마리의 뇌조가 되어 귀원련의 무사들을 휩쓸기 시작했다.

그의 검이 닿는 곳에는 어김없이 귀원련의 무사들의 머리가 잘려 나가며 피가 튀어 올랐고, 수십여 개의 검기가 춤을 추듯이 날아다녔다.

第九章

전귀

戰鬼
전귀

1

　남궁가휘의 입에서 단내가 났다.

　이미 공력은 바닥을 드러내었고 검을 잡은 손아귀마저 저려오기 시작했다.

　포양호의 강물은 귀원련과 남궁가의 싸움에서 흘린 피가 흘러 검붉게 변해 붉은 석양빛을 띠었다.

　귀원의 무인들은 거의 반수 이상이 살아남았으나 북해와 남궁가의 무인들은 고작 일백이 채 남지 않았다.

　흑룡성주 황태진.

　그는 강했다. 흑룡성의 성주들만이 익힌다는 천잔무극도는 전에 본 적이 없을 정도로 극강했다. 전대 흑룡성주가 저

만큼이나 되었을까 하는 생각마저 들게 했다. 그의 도신 아래 검왕이라 불리던 남궁창천이 목숨을 잃었고, 북해의 패자이며 수호신이던 설한철이 중상을 입었다. 그의 도기는 수백의 목숨을 앗아가 버렸다.

죽어나간 동료와 무인들을 보면서 남궁가휘는 자신의 생각에 대한 후회가 물밀듯이 밀려드는 듯했다.

괜한 고집을 피운 것일까? 무모한 자신의 결정 때문에 괜한 무인들의 생명을 버린 것은 아니었을까?

참담했다. 그리고 너무도 미안했다. 지금의 상황이 그랬고, 아무것도 할 수 없는 자신에게 화가 났다.

자만이었던가? 정천현 근교에서 죽어간 아삼의 가족을 보면서 다시는 주위의 사람들을 잃지 않겠다 다짐했고, 그것을 위해 미친듯이 강해지려 했다.

힘없는 자의 정의는 공허한 메아리일 뿐임을 너무도 잘 알고 있지 않은가. 마적 떼에 죽어간 이들이 그러했고, 가족을 고향에 둔 채 전장터에서 목숨을 잃은 이들이 그리했지 않은가.

남궁가휘의 가슴에 피눈물이 흐르는 듯했다.

또다시 힘이 없어 자신의 뜻을 굽혀야만 하는 상황이었던 것이다.

이윽고 모종의 결심이 선 남궁가휘는 억눌린 듯한 목소리로 말했다.

나직한 목소리는 내공을 타고 포양호의 강변을 퍼져 나가 그곳에 있던 모든 이들의 귀에 들려왔다.

"남궁과 북해의 아들들은 들어라!"

전장을 울리는 낮은 음성.

피투성이가 된 채 검을 휘둘러 싸우던 모두의 고개가 돌아갔다.

검을 힘없이 늘어뜨린 채 전장에 우두커니 서 있는 남궁가휘의 등은 무척이나 슬프고 힘이 없어 보였다.

"모두… 물러난다."

무슨 뜻일까? 물러난다는 말의 뜻을 모르는 이는 그곳에 아무도 없었다. 하지만 왠지 그 의미를 이해할 수가 없어 모두가 자신의 자리에서 행동을 멈추고 못 박힌 듯이 서 있었다.

"다시 말한다. 모두 퇴진하라!"

또 한 번 전장을 울리는 남궁가휘의 목소리.

그제야 남궁가와 북해의 무인들은 그 뜻하는 바를 알 수 있었다.

어째서 지금 이 순간 남궁가휘가 자신들에게 그러한 명령을 내렸는지는 알 수 없었지만, 마치 썰물이 빠져나가듯이 순식간에 무사들이 부상자를 둘러업고 몸을 빼냈다.

귀원련의 무사들은 그들을 쫓으려다 흑룡성주의 제지로 모두가 움직임을 멈추었다.

사실 흑룡성주 나타는 처음 마주했던 순간부터 남궁가휘

가 마음에 들지 않았다. 자신의 아비가 호기심을 갖도록 만든 것도 마음에 들지 않았고, 얼마 되지도 않은 무인들로 정의라는 명목하에 항전을 해오는 것도 그랬다.

나타는 고개를 숙이고 힘없이 땅바닥을 쳐다보는 남궁가휘를 보며 비웃음을 지었다.

남궁가휘는 분명 자신에게 싸우자고 할 것이다. 그리고는 살려달라 할 것이다. 뻔한 것이 아닌가.

멋있는 척하는 놈들이 항상 하는 짓이었다. 그럼 자신은 철저하게 밟아주면 그만이었다. 모두가 보는 앞에서 치욕스럽게 밟고 짓이겨서 죽여주리라. 생각이 미치자 웃음이 났다.

물러나 대치한 남궁가의 무인들 중에 온전한 이는 보이지 않았다. 도망도 치지 못할 무인들이 대다수일 만큼 그들은 심각한 상처를 입고 있었다. 하지만 그들의 눈 만큼은 불굴의 투지를 태우면서 빛나고 있었다.

나타는 그 눈빛 또한 마음에 들지 않았다. 자신이 잘 아는 자의 눈빛과 몹시 닮아 있었기 때문이다. 어린 시절 자신의 아비인 호라크가 북원의 대지로 데려온 작은 꼬마 아이. 청연이라는 이름을 가진 아이.

놈은 무척이나 똑똑해 아비의 사랑을 독차지했다. 핏줄도 아닌 것이 아들인 것처럼 행동했다. 마음에 들지 않았던 자신과 죽어버린 동생 하만은 놈을 철저하게도 짓밟곤 했지만, 청연은 지금의 이들과 똑같은 눈빛을 가지고 항상 자신을 바라보곤 했다.

'흥, 꼴같지 않은 놈들.'

나타는 자신이 멈추라는 신호 이후에 다른 명령이 없자 그
자리에서 어찌할 바를 모르는 귀원련의 무인들을 향해 퇴각
명령을 내렸다.

"할아버님, 죄송합니다."

물러난 남궁무의 귓가로 남궁가휘의 전음이 들려왔다.

"어린 저의 결정으로 인해 불필요한 생명이 너무도 많이
희생되었습니다."

남궁무는 자책 어린 손자의 말에 아니라고 항변이라도 해
주고 싶었지만 그러기에는 남궁가휘의 목소리가 너무도 처연
했다.

"할아버님, 저는 지금부터 흑룡성주와 싸워 이기는 조건으
로 남궁가의 안위를 구걸하려 합니다. 창천의 뜻에 어긋남은
죽어서 빌도록 하겠습니다."

남궁가휘는 살고자 하는 생각이 없었다.

이 싸움으로 그는 만약 이기지 못하면 동귀어진이라도 할
것이다. 남궁무의 입술이 깨물어져 피가 흘렀다. 아직 스물다
섯밖에 되지 않은 자신의 손자에게 너무도 큰 짐을 지운 자신
들 때문에 이 상황이 더없이 안타까웠다.

"할아버님, 저는 그를 닮고 싶었습니다. 자신이 원하는 것

이라면 무슨 일이든 하고야마는. 한데 저는 아직 많이 모자랐던 모양입니다. 혹여 제가 죽게 되거든 제 내자와 무광을 부탁드립니다."

내자라는 것은 자신과 혼례를 올린 설약벽을 말함이었고, 무광은 이제 막 태어날 아이였다.

"어째서 말이 없나? 뭔가 하려던 것 아니었나? 왜 무릎이라도 꿇고 빌 텐가?"

남궁가휘가 말없이 서 있자 나타는 잔뜩 비웃으면서 물었다.

"아니, 이제 하려 했소."

귀원의 무사들을 향해 등 지고 서 있던 남궁가휘의 몸이 나타를 향해 돌아섰다.

"본인은 남궁가의 가주, 가휘라고 하오. 무림의 동도는 나를 검협이라 부른다오."

"흥, 누가 네놈 따위의 이름과 직위가 궁금하다 했나?"

"직위는 중요하오. 나의 뜻이 곧 남궁가의 의지니까."

"웃기는군."

"지금부터 나는 그대에게 생사투를 청하려고 하오."

"놀고 있군. 어차피 너는 죽을 목숨이다."

"그렇겠지. 하나 만약 내가 그대에게 이긴다면 한 가지를 약속해 주시오."

남궁가휘의 말에 나타가 어이없다는 듯 웃었다.

"이긴다? 나를? 재미있는 말을 하는군."

"그렇소. 만약 내가 이긴다면 남궁가는 앞으로 봉문한 채 그대들이 하는 일에 아무런 간섭도 하지 않겠소. 또한 봉문은 나의 대가 끊어질 때까지 이어질 것이오. 허락하시겠소?"

"……."

나타는 물끄러미 남궁가휘를 쳐다보았다. 그리곤 나지막이 물었다.

"어째서 내가 그대의 말을 들어주어야 하지?"

"……."

사실 그가 약속해 주지 않으면 남궁가휘로서도 더 이상 선택의 여지는 없었다, 목숨을 걸고 싸울 수밖에. 더구나 귀원련이 자신의 요구를 들어줄 필요는 없었다.

이미 남궁가 대부분의 무사들이 목숨을 잃었다. 자신들에게는 더 이상 본가를 지킬 수 있는 힘이 없었으니 귀원련이 이곳에서 남궁가의 모두를 죽이고 본가를 쓸어버린다 해도 할 말은 없었다. 그런데 그때 귀원련의 진영에서 웅혼한 목소리가 울려 나왔다.

"좋다. 들어주마. 그대가 흑룡성주를 이긴다면 우리는 여기서 물러난다. 뿐만 아니라 봉문한 남궁가의 안전을 보장해 주마."

목소리가 들림과 동시에 나타의 고개가 획 돌아갔다.

어째서 이따위 약속을 하신단 말인가? 이해가 가질 않았다.

남궁가휘는 귀원련주의 약속에 조금이나마 안도감을 가졌고, 나타의 인상은 찡그려질 대로 찡그려졌다.

"흥, 련주께서 허락한 이상… 그리되겠지. 하나, 잘 들어라. 만약 네가 진다면 더 이상 남궁의 성을 쓰는 자는 남지 않을 것이고, 너의 내자와 네놈의 어미는 무수한 이들로부터 능욕을 당해 죽지도 살지도 못하게 해주마."

나타가 이를 갈면서 남궁가휘를 노려보자 남궁가휘는 무덤덤하게 대답하면서 검병에 자신의 손을 올린 채 발검세를 취했다.

"나는… 단지 최선을 다할 뿐이오."

"흥!"

나타는 무척이나 기분이 나쁜 표정으로 천천히 자신의 도를 뽑아 올렸다.

"무극도라고 하더군."

아마도 자신이 들고 있는 도를 말함인 것 같았다. 나타는 천천히 공력을 도신에 주입했다. 은은한 빛이 도신에 어리면서 점차 기다랗게 늘어나기 시작했다.

도기가 갈래갈래 피어올라 하나로 뭉치기를 반복하면서 무극도의 도신 위에 또다른 도가 생겨난 듯한 형상을 띠었다. 바로 도강이었다.

"얼마나 버티는지 두고 보겠다."

나타의 도가 무척이나 천천히 남궁가휘를 향해 휘둘러졌다.

도강의 기운이 상단을 쓸어오는가 싶더니 갑자기 변화를 일으키면서 팔방위를 점하고 남궁가휘를 노려왔다.

그 순간 남궁가휘의 손이 검을 뽑아 올리며 빛살과도 같은 검강이 뿌려졌다.

뿌가가강!

창궁무애검법의 일초식인 창궁지검이 펼쳐진 것이다.

극쾌를 강점으로 하는 발검술은 새하얀 검강을 뿌리면서 나타가 휘두른 도강을 쳐냈고, 어느새 몸을 움직인 남궁가휘의 검이 나타의 옆을 쓸었다.

하나 나타는 당황한 기색조차 보이질 않고 남궁가휘의 검을 튕겨내 버렸다.

까강!

도강과 검강의 싸움.

하나 같은 강기일지라도 실린 내력이 다르고 시전하는 자의 무위가 달랐다.

온몸에 힘이 빠져 공력이 바닥에 드러난 남궁가휘의 검이 나타의 도에 튕겨나며 밀렸다.

'으윽!'

손아귀가 찢어져 나가는 듯했다.

남궁가휘가 주춤하는 사이 나타의 도강이 그의 몸을 노리고 날아왔다.

까강!

또 한 번 도강과 검강이 맞부딪쳤고, 깨어진 강기의 파편들이 튀어나갔다.

누구도 근접할 수 없도록 강기가 대지를 파고들며 폭발해 허공중으로 비산해 올랐다.

"만에 하나 이긴다 했던가?"

도강을 막아내면서 침음성을 흘리는 남궁가휘를 비웃으면서 나타의 도가 소용돌이를 만들어냈다. 그러더니 이내 남궁가휘를 향해 나선의 강기가 날아왔다.

나타는 남궁가휘를 가지고 놀듯 기력이 빠진 남궁가휘가 막아낼 수 있을 만큼의 강기만을 뿌렸다.

"헉, 헉, 헉……."

숨이 턱끝까지 차올랐다.

어떻게든 이겨야만 하는 남궁가휘였지만 자신의 검술을 완전히 펼쳐 내기에는 가진바 공력이 너무도 부족했다.

"가소롭구나. 감히 그 정도도 못 막으면서 나를 이긴다 했더냐?"

나타의 비웃음이 들려왔다.

남궁가휘는 극한의 감각을 발휘할 수밖에 없었다.

어떻게든지 피해내면서 단 한 수만이라도 나타의 몸에 적중을 시켜야 했지만 그러기엔 너무도 힘에 부쳤다. 바닥을 드러낸 공력은 서서히 몸에 피로도를 가중시키기 시작했고, 무리하게 끌어올린 검강의 기운은 육체가 버틸 수 없을 만큼 피폐하게 만들었다.

"이젠 진짜로 가주마."

나타의 도에 다시금 기운이 어리면서 그의 두 눈에서 시퍼런 광망이 솟아올랐다.

"천잔무극도 제이식, 붕파산(崩破山:산을 깨부수다)!"

마치 천신이 강림하듯이 나타의 몸이 허공으로 떠올랐다. 치켜든 그의 도에서는 산을 허물어 뜨릴 듯한 거력이 모여들었다가 내려치는 도를 따라 뻗어져 내렸다.

쿠콰콰콰!

도강이 대기를 찢어발기면서 남궁가휘를 향해 떨어졌다.

절체절명의 순간 남궁가휘는 몸 안의 모든 공력을 모았다.

'자른다!'

자신을 향해 떨어져 내리는 거대한 강기를 바라보면서 남궁가휘의 오감이 한곳으로 집중되었다. 그리고는 조용히 자신의 검을 쳐올렸다.

"삼검단해!"

일도양단의 기세로 펼쳐진 남궁가휘의 검이 나타의 도강을 반으로 쪼개 버렸다.

잘려진 도강은 남궁가휘의 양옆으로 비껴나 대지와 충돌

했다.

콰아앙! 콰쾅!

거대한 폭음과 대지의 파편이 솟구쳐 오르면서 자욱하게 피어오른 먼지로 인해 남궁가휘의 신형이 일순 사라졌다.

나타는 세상을 깔아보듯이 자욱해진 먼지 속의 남궁가휘를 바라보았다.

무리한 내력의 충돌을 이기지 못한 남궁가휘가 검붉은 핏물을 울커대면서 토해내고 있었다.

나타의 입가에 슬며시 비릿한 웃음이 피어올랐다.

"놈, 끝이다. 뇌격칠보."

나직한 한마디와 함께 시작된 악마의 보법 뇌격칠보가 시전되어 남궁가휘의 몸을 노리고 떨어져 내렸다.

남궁가휘는 자신의 머리 위로 떨어지는 나타의 거대한 발을 보면서 절망하며 두 눈을 질끈 감았다.

'끝이군······.'

쿠아아앙!

거센 충돌음과 함께 엄청난 바람이 먼지를 걷어내 버렸다.

멀리서 지켜보고 있던 귀원련주는 흐뭇한 미소를 지었고, 남궁가의 무인들은 참담한 기분에 더 이상 바라보지 못하고 두 눈을 질끈 감았다.

"아, 아니!"

흐뭇한 표정을 짓고 있던 귀원련주는 드러나기 시작한 광경에 두 눈이 튀어나올 뻔했다.

분명히 나타의 뇌격칠보 중 제일보조차 피하지 못하고 머리가 터져 나갔어야 마땅했다. 그런데 남궁가휘가 버젓이 살아 있는 것이 아닌가? 그리고 그의 앞에 언제 나타났는지 모르는 흑삼을 입은 무인의 모습이 보였다.

그 뒤로 마치 남궁가휘를 호위하는 듯 여덟 명의 무인이 차례로 그 주위로 내려앉았다.

"야! 꼬맹아! 지금 뭐 하냐? 언능 안 일어나냐?"

누군가 자신을 향해 말했다.

'어? 나는 아직 살아 있는 건가?

분명히 죽음을 각오했는데…….

"이게 진짜! 오랜만에 봤다고 완전 무시하네. 안 일어나? 맞고 일어날래?"

남궁가휘는 슬며시 눈을 떠서 주위를 살펴보았다. 모든 것은 똑같았다. 폐허가 되어버린 격전장이며, 서로 대치하고 있는 이들의 모습.

그런데 한 가지 변한 것이 있다면 죽어도 잊어버릴 수 없는 든든한 검은 등이 보인다는 것이다.

한 손에 검은 창을 비껴들고 오만하게 적을 쳐다보는 남자의 거대한 등.

그리고 자신을 향해 미소 짓고 있는 한 남자의 얼굴.

"하, 한백 선배?"

어리둥절한 남궁가휘의 얼굴에 서서히 미소가 피어올랐다.

"한백 선배!"

"이 자식아, 알아봤으면 대주님께 먼저 인사드려야지."

한백이 미소 짓는다.

모두가 반가운 얼굴들이었다. 무림을 떠날 것이라며 남궁세가에서 나간 지 근 일 년여 만에 다시 보는 반가운 이들. 죽어도 잊을 수 없던 멸마단 이대와 자신의 우상인 장영의 모습이었다.

"저… 저……!"

남궁가의 세력과 함께 있던 남궁무의 눈이 부릅떠지며 얼굴에는 온통 희열이 감돌았다.

흑삼의 인물과 여덟 명의 무인.

안도감이 들었다. 그들이 누구인지는 누구보다 자신이 잘 알고 있다.

그들이 얼만큼 강한지도 잘 알고 있다.

"되었다……. 이제 되었어."

그 순간이 어찌나 감동스러웠는지 남궁무의 늙은 두 눈에서는 눈물이 흘러내렸다. 거의 포기하다시피 벌인 싸움이 아

니었던가. 더구나 남궁세가의 역사가 끝날 것이라 생각하면
서 얼마나 가슴을 졸였던가.

"으으윽!"
나타는 갑작스럽게 얻어맞은 충격에 팔이 저려왔다.
만약 팔을 교차해 급히 공력을 돌려 막아내지 않았다면 이
정도로 끝나지 않았을 것이라는 생각이 들었다.
분명히 자신은 남궁가휘를 향해 일보를 내딛고 있었다.
그런데 그때 질식할 정도의 살기가 자신을 노리고 들어왔
고, 멈칫하는 순간 미증유의 거력이 실린 무언가가 가슴으로
날아왔다. 그는 시전하던 뇌격보를 멈추고 모든 공력을 자신
의 양팔로 돌려 막아냈다.
하지만 막는다고 쉽게 막힐 정도로 약한 힘이 아니었다.
얻어맞은 충격만으로도 내력이 진탕되는 것 같았다.
무려 사 장여나 튕겨 나가 대지에 미끌린 나타는 두 팔에서
느껴지는 충격에 고통 어린 신음성을 내뱉었다.
그리고는 자신을 공격한 그 무언가를 찾기 위해 고개를 들
었다.
고개를 든 순간 그는 볼 수 있었다, 보는 것만으로도 오금
이 저려오는 엄청난 눈빛을.
"허헉!"
자신을 바라보는 흑삼인의 눈빛이 심장을 옥죄어오는 것

만 같았다.

　살면서 저런 눈빛을 본 적은 한 번도 없었다. 나타는 엉거주춤한 자세 그대로 멈출 수밖에 없었다.

　그 상황에서 소리라도 질렀다가는 공포스러운 괴인의 눈이 자신의 눈을 도려내 버릴 듯한 거대한 공포가 느껴졌기 때문이다.

　장영은 가만히 남궁가휘를 공격하려 했던 나타를 노려보다가 시선을 돌렸다.

　그리고는 자신을 향해 감격스러운 눈빛을 보내는 남궁가휘를 향해 슬며시 웃어주었다.

　"많이 상했군."

　무덤덤하게 내뱉은 장영의 말에 남궁가휘는 눈물이 날 것만 같았다.

　장영은 이내 남궁가휘에게서 눈을 돌리고는 을지마로를 향해 말했다.

　"마로, 가휘가 많이 상했다. 상세를 돌봐주어라. 덤으로 남궁가와 북해의 무인들에 대한 상세를 돌봐줘도 괜찮겠지."

　"알겠습니다."

　을지마로는 장영의 말에 대답하면서 신속하게 남궁가휘를 업었다.

　"대, 대주, 하지만… 이 싸움은……."

　남궁가휘는 무언가 말하고 싶었지만 장영의 말에 가로막혀 더 이상 말하지 못했다.

　"아직은 아니다. 내가 알아서 해주마."

　말을 마친 장영은 몸을 돌려 귀원련주를 바라보았다.

　세상에 마지막으로 남아 있던 가족이었던 공헌현비가 독살당하고 자신의 옆을 지키던 사마수동의 죽음이 모두 귀원련주 때문이라는 생각이 들자 장영은 참을 수 없는 분노를 느꼈다.

　"그대인가?"

　밑도 끝도 없는 물음.

　"응?"

　귀원련주는 멀리서 말하고 있음에도 나직하게 들려오는 장영의 물음에 어떤 말을 해야 할지 감이 잡히질 않았다.

　"그대가 귀원련주인가?"

　그랬다. 장영은 자신이 바라보고 있는 이가 귀원련주인가를 묻고 있는 것이었다.

　"나는 지금 그대에게 참을 수 없는 분노를 느낀다. 하지만 아직은 때가 아닌 것 같군. 선약이 있는 것 같으니 말이야. 이 싸움은 잠시 미루도록 하지. 두 사람의 힘이 회복될 때까지 기다린다. 그리고 그들의 대결이 끝나면 내가 그대를 찾아가겠다. 기대해도 좋다."

　장영의 어금니가 부서질 듯한 소리를 내면서 깨물어졌다.

남궁가휘는 그 순간 볼 수 있었다, 장영이 얼마나 분노했는지. 그의 꽉 쥐어진 주먹에서 핏물이 흘러내리고 있었다. 참고 있는 것이다. 분명 장영은 가슴속에 솟구치는 분노를 가까스로 참아내고 있는 것이었다.

한데 남궁가 때문은 아닌 것 같았다. 적어도 자신이 알기로는 장영이 남궁가 때문에 분노할 일은 없었으니까. 무엇이 이 괴물 같은 남자를 이리도 분노하게 했단 말인가?

"수동이 형님이… 돌아가셨다."

자신을 둘러메고 몸을 돌리는 을지마로의 목소리였다.

"예? 무슨?"

"수동 형님이… 저놈들과의 싸움에 독에 당해 돌아가셨다."

"수동 형님이? 그럴 리가?"

그럴 리 없다. 사마수동이 어떤 사람인가? 찔러도 피 한 방울 안 나올 것 같은 냉혈한에 세상 누구보다도 강할 것만 같았던 남자가 아닌가?

"사실이다."

한백의 말이었다. 한백의 얼굴은 굳어 있었다.

"그런……."

왠지 금세라도 사마수동이 달려와 자신에게 '이런 싸가지 없는 노무 자식!' 이라고 호통을 치면서 자신의 신발을 던질 것만 같은데… 그가 죽었다니.

"이런 개 호로자식이! 뒈져 버렷!"

흑룡성주 나타는 자신을 안중에도 두지 않는 듯한 장영의 모습에 분노가 치밀었다. 자신이 눈빛 하나에 공포감을 느꼈다는 사실에 천잔무극도의 극의이자 최강의 초식인 천지파멸의 초식으로 장영을 향해 도를 휘둘렀다.

수백여 개의 도강이 허공을 날아 장영의 몸으로 떨어져 내렸다.

쿠콰콰콰콰!

무심한 눈으로 귀원련주의 모습을 바라보던 장영이 있던 곳은 거대한 도강이 떨어져 내리면서 생긴 충격으로 대지가 뒤집어지듯이 흙더미가 튀어 올랐다.

"크카카카, 별것도 아니……."

나타는 자신의 공격이 적중한 것에 크게 웃으려 했으나 그 말은 복부를 파고드는 엄청난 충격에 의해 이어지질 못했다.

뿌각!

"커어억!"

언제 움직였단 말인가? 아무도 보지 못했다.

그런데 어느새 장영의 주먹이 나타의 복부에 박혀 그를 새우처럼 만들어 버렸다.

장영은 복부의 충격으로 정신줄을 놓아버린 나타의 멱살을 들어 올리면서 나직하게 으르렁거렸다. 나타는 공포스러운 그의 말을 들으면서 기절했다.

"기다려라. 금세 돌아올 테니까. 그리고 네놈들의 머리카락 하나까지 모조리 찢어발겨 주마. 지금 당장이라도 네놈들의 목줄을 따버리고 싶지만 고통스럽게 돌아가신 현비 마마와 수동을 위해 잠시 기다려 주는 것이라 생각해라."

털썩.

정신을 잃은 나타의 몸이 땅바닥에 패대기쳐졌다.

모두가 경악할 수밖에 없었다. 지금까지 나타가 보인 무위는 너무도 엄청난 것이었다. 누가 있어서 그런 그를 단 한 방에 기절시켜 버린단 말인가?

장영은 다시 한 번 귀원련주를 바라보면서 말했다.

"이틀 뒤다. 서로의 몸이 회복될 때까지 기다렸다가 이틀 뒤 이곳에서 남궁가휘와 여기 이 녀석이 다시 싸운다. 도망칠 테면 도망쳐 봐라. 반드시 지금 그곳에 모인 모두를 찾아내서 지옥을 맛보게 해주마."

장영이 귀원련의 무사들을 향해 엄청난 살기를 뿜어내고는 몸을 돌려 남궁세가의 진영으로 걸어갔다.

귀원련의 무사들은 나타를 구하러 가지도 못한 채 침을 삼킬 수밖에 없었다. 그 누구도 발을 떼지 못했다.

'설마, 저놈인가? 마교주가 했던 경고가 저것이었나? 정말로 어쩌면 나는 건드리지 말아야 할 대상을 건드린 것인지도 모르겠군.'

나타를 공격한 움직임.

전혀 보이질 않았다. 그리고 그가 뿜어낸 투기와 살기는 소름 끼칠 정도였다.

귀원련주는 장영을 보면서 느낀 불안감에 이마에 내 천 자를 그렸다.

2

그 옛날 전국시대를 살았던 순자는 사람이란 태어날 때부터 악한 성격을 가지고 태어난다고 주장했다.

그 말처럼 사람은 무척이나 이기적이고 모든 것을 자기중심적으로 생각하는 경향이 있다. 당금의 무림을 살아가는 이들 역시 그러했다.

포양호의 강변에서 일어난 남궁가와 귀원련의 싸움에 대한 소문은 수많은 이야기꾼에 의해 퍼져 나가기 시작했고 일백여 명 정도가 살아남기는 했으나 귀원련의 공격을 막아냈다는 사실로 인해 남궁가를 버리고 떠났던 수많은 무인들이 돌아오기 시작했다. 일말의 희망을 본 것일까?

물론 그 많은 이들이 남궁가를 돕기 위해서 모여든 것은 아니었다. 그것은 바로 공전절후의 싸움으로 기록될 수 있는 남궁가휘와 흑룡성주와의 싸움을 보러 온 것이었고, 그 와중에 등장한 이제껏 한 번도 드러난 적이 없었던 한 무인을 보기 위해서였다.

　모두가 그의 정체를 궁금해하는 가운데 한 사파의 인물이 '전귀'가 아닐까 하는 의문을 토했고, 그 이야기는 일파만파로 퍼지면서 전귀 장영에 대한 유언비어가 나돌았다. 또한 당시 북원정벌군에 참전했던 이가 장영을 알아보면서 그가 '광풍창'이라는 사실도 밝혀내었고, 하북에서 사십만의 한왕군을 홀로 막아내었다는 과장된 소문도 퍼져 갔다.

　결전을 위해 남아 있는 시간은 고작 이틀여였지만 새로운 영웅을 만들어내기에는 충분한 시간이었다. 어쩌면 전귀이자 광풍창이라는 자가 현 무림의 위기를 구해낼지도 모른다는 일말의 희망은 모두의 마음을 들뜨게 했다.

*　　　*　　　*

　시간이라는 녀석은 때로는 무척이나 빠르게 흘러가기도 한다.

　재대결까지 남은 이틀이라는 시간처럼 말이다.

　흑룡성과 재대결을 약속한 시간이 금세 흘러 다시금 포양호에는 양측의 무인들이 모여들었다. 뿐만 아니라 멀리서 구경하는 무인들에 의해 포양호는 인산인해를 이루었다. 이 순간만큼은 정사를 떠나 모두가 귀원련과 남궁가의 싸움에 집중하기 시작했다.

"꼬맹아, 시간이 되었다."

좌정한 채 기력을 회복하고 있던 남궁가휘를 향해 을지마로가 움직임을 재촉했다.

남궁가휘는 몸 안의 공력을 돌리면서 자신의 몸 상태를 점검하기 시작했다.

모든 것이 원상태로 돌아왔다. 신묘한 의술을 지닌 을지마로는 단 이틀이라는 시간 동안 남궁가휘의 몸을 최적의 상태로 만들어주었다. 장영이 왔기에 더 이상 남궁가의 멸문이라는 최악의 상태를 걱정하지 않아도 되는 남궁가휘로서는 마음속에 있던 부담감마저 사라진 상태였다.

"예. 가야지요."

남궁가휘가 몸을 일으켰다.

그리고는 천천히 입구를 가린 휘장을 걷어내고 밖으로 걸어나갔다.

포양호 강변을 비추는 햇볕이 무척이나 따사롭게 느껴졌고, 강물은 어느새 핏기가 가신 채 볕에 반짝거리면서 은빛 광채를 뿌렸다.

"사람이… 많군요."

"흥! 승냥이 같은 놈들이다. 아마도 이번 싸움의 결과에 따라 행동을 달리할 줏대없는 놈들일 뿐이지."

"예……."

남궁가휘는 을지마로의 독설에 가만히 고개를 끄덕였다.

"꼬맹아."

을지마로가 남궁가휘를 불렀다.

"예?"

"뒷일은 우리에게 맡기고 최선을 다해 싸워라. 모든 건 대주님이 알아서 해주실 테니까."

먼산을 바라보듯이 말하는 을지마로를 보며 남궁가휘가 미소를 지었다.

"예."

어느새 양쪽 세력이 대치한 중앙에는 흑룡성주 나타가 홀로 나와 남궁가휘를 기다리고 있었다.

그의 얼굴은 그다지 밝지 못했다.

남궁가휘가 문제가 아니라 그 뒤를 지키고 있는 전귀 장영이라는 존재 때문이었다. 그는 그날의 충격을 잊을 수가 없었다. 정신을 잃어가는 자신의 귀를 파고드는 전귀의 한마디가 절대적인 공포감을 심어준 것이었다.

"오래 기다리게 했습니다."

남궁가휘는 흑룡성주를 향해 포권을 했다.

"……."

"이제 시작하겠습니다."

나타의 인상이 찡그려졌다.

벌써 죽었어야 할 놈이 또다시 자신을 향해 덤비려 한다.
더구나 저 자신만만한 미소는 또 무엇이란 말인가?
"그럼, 시작하겠습니다."
남궁가휘가 천천히 창궁무애 검법의 기수식을 취하자마자
흑룡성주가 몸을 날렸다.
"뇌격칠보!"
첫 공격부터 강수였다.
설한철을 순식간에 무너뜨린 폭발적인 걸음이 남궁가휘를
향해 시전되었다. 하나 이미 세 번이나 공격을 봐온 남궁가휘
는 격공보를 시전하면서 일곱 번의 발걸음을 피해내었다. 수
백여 개의 도강이 나타의 도를 떠나 남궁가휘를 향해 떨어져
내렸지만, 남궁가휘는 창궁검이 원래부터 가지고 있던 부드
러우면서도 강맹한 기운으로 그것을 쳐내고 흘리면서 막아갔
다.
"창궁만리!"
유려하게 날아오른 검강이 나타가 뿜어낸 수천 개의 도강
의 조각을 피하면서 그의 목줄기를 노리고 들어갔다. 나타는
도막을 시전해 검강을 튕겨내더니 또다시 남궁가휘를 향해
뇌격칠보를 밟아갔다.
"일격도세!"
도를 허리춤에 붙였다가 거세게 휘두르는 나타의 공격에
지면이 그 기운을 따라 파헤쳐져 오르며 남궁가휘를 향해 쏟

아져 갔다.

"천원파!"

강력한 도강이 반월형으로 치고 들어와 남궁가휘가 몸에서 뿜어낸 기운에 부딪치면서 터져 나가며 허공중에 새하얀 빛무리를 토해냈다.

둘의 공격은 백중지세였다.

서로의 공격이 최대의 방어가 되어 빈틈을 노렸다.

급박하다 싶으면 어느새 공격을 하고 있고, 거의 성공했다 생각하면 어느새 목숨이 위태로운 지경이었다.

둘의 대결은 보는 이로 하여금 손에 땀을 쥐게 했다.

누가 이길지 알 수 없는 싸움이었다.

모두가 흑룡성주 나타와 남궁가휘의 싸움에 집중하고 있음에도 단 두 명만은 서로 다른 곳을 보고 있었다.

전귀 장영과 귀원련주.

둘의 대결을 지켜보던 귀원련주는 누군가를 찾기 위해 남궁가의 진영으로 시선을 돌리다 그곳에서 자신을 무덤덤한 표정으로 바라보는 이와 눈이 마주쳤다. 그는 바로 장영이었다.

도무지 알 수 없는 능력을 가진 무인이었다.

자신은 분명 자신의 아들이자 흑룡성주인 나타보다 수배는 강하다. 하지만 도저히 자신이 생기질 않았다. 과연 저자를 내가 이길수 있을까 하는 불안감이었다.

　박빙의 승부가 펼쳐지고 있는 동안 남궁가휘는 새로운 깨
달음을 얻고 있었다.
　무인이 수련을 할 때는 항상 목숨이 경각이 달한 상태에서
얻는 것이 가장 많다고 한다. 지금 남궁가휘의 상태가 바로
그러했다.
　자신이 죽어도 장영이 세가를 지켜내 줄 것이라는 안도감
으로 인해 마음 편히 대결에 임한 남궁가휘는 목숨이 경각에
달할 때마다 자신이 펼쳐 내는 창궁무애검법의 새로운 경지
를 바라보고 있었다.
　그리고 서서히 몸 안의 모든 세포들이 깨어나기 시작했다.
　온몸을 통해서 상대의 기운이 느껴져 왔고, 흐릿흐릿하게
보였던 대기에 가득 찬 기운들이 확연하게 보이기 시작했다.
상대의 움직임이 서서히 느려지기 시작하더니 나타의 도가
지나갈 궤적이 보였다.
　그 순간 남궁가휘의 얼굴에 지어진 것은 미소. 극도의 희열
감이었다.
　무인으로서 새로운 깨달음에 대한 희열은 어느 순간에서
라도 즐거운 것이었다.
　나타는 어느 순간부터 남궁가휘의 검이 계속해서 무거워
지고 있다는 사실을 느꼈다. 처음 시작했을 때만 해도 이길

수 있다는 자신감이 가득 차 있었다. 다만 전귀에 대한 걱정만이 머리를 가득 채우고 있었는데, 남궁가휘와의 대결이 지속되는 중에 검강을 막아내던 손에서 느껴지는 압박이 차츰 거세진 것이다.

"흐아합!"

남궁가휘가 일순간 그의 검에 순간적으로 공력을 집중하더니 휘둘러 왔다. 나타는 자신의 도를 비껴 세워 막아갔다.

쩡!

'윽!'

막아간 손아귀가 찢어질 것 같았다.

나타는 서둘러 다른 한 손으로 손에서 빠져나가는 도를 잡아채면서 거리를 물렸고, 그의 얼굴은 부끄러움에 시뻘겋게 변해 있었다.

'이런 젠장할!'

화가 났다.

나타는 남궁가휘를 쳐다본 순간 흠칫 놀랐다.

그에게서 절대자의 기도가 느껴졌기 때문이다. 마치 거대한 산악이 자신을 가로막아 선 것처럼 강대한 기운이 느껴져 왔고, 검을 들고 가만히 서 있는 모습에서 엄청난 압박감이 몰려왔다.

'깨달음이라……'

남궁가휘는 문득 잠시 싸움이 멈추어지자 자신의 몸에서

느껴지는 거대한 힘에 감격스러운 표정이 되었다. 한층 더 배가된 자신의 공력과 무공을 보는 눈.

"무인에게 가장 중요한 것은 눈이다."

언젠가 사마수동이 자신을 가르칠 때 했던 말이다. 무공을 보는 눈.

'그렇군. 이것이 바로 무인의 눈이군.'

나타의 주변으로 보이는 유형화되어 넘실거리는 기운이 눈에 보이는 것처럼 느껴져 왔다. 눈을 감아도 왠지 모든 것이 보일 것만 같았다.

남궁가휘는 살며시 눈을 감고 주변을 향해 고개를 돌렸다.

눈을 감았음에도 몸에 흐르는 기가 사람의 형체를 이루며 느껴져 왔다. 눈을 감아도 나타의 모습을 찾을 수가 있었다. 뿐만 아니라 등 뒤의 사람들도, 새도, 동물도, 자연도… 모든 것들이 느껴져 왔다.

"이, 이런! 개자식이!"

그런 남궁가휘의 행동이 자신을 무시한다고 생각했음일까? 나타는 한 걸음에 진각을 밟아 남궁가휘를 향해 도를 창처럼 뻗었다.

스르륵.

도가 몸 근처까지 다가올 때까지 기다린 남궁가휘는 검으로 도의 기운을 감싸듯이 비껴내면서 도신을 거슬러 올라 나타를 공격했다.

"헛!"

갑자기 아무런 반탄력조차 없이 남궁가휘의 검이 자신의 면전을 쓸듯이 들어오자 나타는 급하게 허리를 젖히면서 피했다. 하지만 남궁가휘의 검은 그런 움직임을 미리 알았던 것처럼 휘어지면서 지면으로 꽂혀 내려갔다.

무슨 강력한 검강이나 초식이 아니었다.

남궁가휘는 단지 검이 움직이고자 하는 방향으로, 자신의 눈에 보이는 검의 길을 따라 움직이기만 할 뿐이었다.

"후후, 꼬맹이가 제법 강해졌군. 독고 영감이랑 싸워도 되겠는걸?"

멀리서 지켜보던 장영이 천천히 몸을 일으키면서 웃었다.

"녹산! 우천! 준비해라. 싸움이 끝남과 동시에 귀원련을 친다. 그리고 귀원련주는 반드시 피해라. 그자에게 물어보고 싶은 게 많으니까. 마로, 너는 혈화독을 준비해라. 귀원련주는 수동과 현비 마마와 마찬가지로 똑같은 고통을 겪게 한 뒤 죽인다."

"알겠습니다."

남궁가휘와 흑룡성주의 싸움은 막바지로 치닫고 있었다.

　이미 흑룡성주의 모든 움직임을 간파해 버린 남궁가휘에게 흑룡성주의 천잔무극도는 전혀 쓸모가 없었다.

　도기가 하늘을 가득 메울지라도 피해 버리면 그만이었다.

　아무리 강한 무공이라도 그 가진 바의 깨달음을 얻지 못하면 아무리 강기를 뿜어내고 산을 허물어뜨린다 해도 그 위력의 절반도 닐 수가 없다.

　흑룡성주의 지금 모습이 그랬다.

　천잔무극도를 익혔지만 그 도법의 가진바 극의를 끌어내지 못하고 마치 어울리지 않는 옷을 입은 것처럼 어색하게만 느껴졌다. 물론 남궁가휘가 심안을 깨닫지 못했다면 지는 것은 남궁가휘였겠지만…….

　핏!

　처음으로 피가 튀었다.

　흑룡성주 나타의 허리춤이 남궁가휘의 검에 의해 베어져 나간 것이다. 한 번 입기 시작한 상처는 금세 수십 군데로 퍼져 나가기 시작했다.

　흑룡성주의 몸에 점차 많은 양의 상처가 생겨나며 피가 튀어 올랐다.

　"이, 이……!"

　자신의 도는 매번 비껴 나가고 남궁가휘의 검이 계속에서 자신의 몸에 상처를 만들자 걷잡을 수 없는 분노가 생겨났다.

　"죽어랏, 개자식아! 뇌룡파천강!"

　분노한 나타의 손에서 천잔무극도 최후의 초식이 펼쳐졌다.

　수천 개의 도기가 하늘을 빽빽하게 수놓으며 솟구쳐 올랐다가 그 중심을 향해 소용돌이치듯 모여들었다. 순간 하늘이 찢겨지듯 벌어지더니 그 속에서 거대한 도강이 뇌룡이 나타나 지상으로 떨어져 내렸다. 너무도 강대한 기운이었음인지 한순간 대기가 찢어지는 듯한 비명을 내질렀다.

　남궁가휘는 그 모습에 자신의 검을 지그시 눌러잡으면서 하늘을 향해 천천히 들어 올렸다.

　"푸른 하늘은 그 끝이 없이 펼쳐져 세상의 모든 것을 우러러본다. 창궁무애검 진팔식. 창궁무한!"

　번쩍!

　세상이 환해졌다.

　눈 깜빡할 정도로 짧은 순간에 갑자기 솟아난 빛무리가 포양호의 전체를 덮었다가 순식간에 사라져 버렸다.

　그리고 찾아온 고요.

　남궁가휘는 자신의 검집에 검을 집어넣고 천천히 몸을 돌렸고, 나타는 믿을 수 없다는 표정으로 자신의 도를 잡은 채 경악한 모습으로 서 있었다.

　그곳에 모인 그 누구도 보지 못했다.

　오직 당사자인 흑룡성주와 검법을 펼친 남궁가휘, 그리고 장영과 귀원련주만이 남궁가휘의 마직막 공격을 보았을 뿐이다.

쩌적.

남궁가휘가 막 전귀가 있는 곳으로 돌아왔을 때쯤, 흑룡성주 나타의 몸에서 미세한 혈선이 생겨나더니 한순간에 피가 확 뿜어져 나왔다.

털썩.

반으로 갈라진 나타의 몸이 지면에 쓰러졌다.

"우와아아아!"

흑룡성주가 쓰러지자 남궁가의 무인들 사이에서 거대한 함성이 질러졌다.

3

귀원련주의 눈에 핏발이 서고 입술이 부들부들 떨렸다.

자신의 아들이 눈앞에서 죽는 광경은 그다지 경험하고 싶지 않은 것이었다.

하지만 참아야만 했다. 대계의 완성이 눈앞인 상황에서 어찌 감정에 휘둘린단 말인가? 독해져야만 했다. 모든 것이 자신의 주군인 칸을 위한 일이었다.

냉정해야 한다고 마음속으로 되뇌며 귀원련주는 마음을 다잡았다.

그리고 나서야 누군가 남궁가의 앞을 나와 자신들을 향해 걸어오고 있음을 볼 수 있었다.

처음부터 신경 쓰였던 검은 창을 든 흑삼을 입은 무인.

전귀라 불린다 했던가? 자신조차 가늠하기 힘든 무공의 소유자였다.

"크크크, 이제야 만나게 됐군. 현비 마마를 살해한 귀원련의 주구."

장영이 큭큭대면서 음산하게 말했다.

장영의 주변은 삽시간에 그의 기세가 퍼져 누구도 범접할 수 없는 그만의 영역이 되어버렸다.

장영의 걸음이 한 걸음씩 내딛어질 때마다 그의 몸에서 뿜어져 나오는 투기가 짙어졌고, 대기를 가득 메울 정도로 살기가 뿌려졌다.

그리고 서서히 분노에 의해 장영의 모습이 변하기 시작했다.

한 발을 걸으며 새하얀 송곳니가 자라났고, 또 한 걸음을 걷자 흑색으로 묶은 머리가 풀려 붉은 기운으로 넘실대며 빳빳하게 세워졌다.

손톱은 짐승의 그것마냥 날카롭게 돋아 올랐고, 두 눈에서는 혈광이 솟구쳐 나오기 시작했다.

"그, 그 모습은!"

귀원련주는 장영이 변해가는 모습을 보면서 과거에 묻어 두었던 기억이 떠올랐다.

사람이 아닌… 짐승이었던 자들.

비밀리에 전승되는 혈마자의 비록에는 그들을 광수혈족이라 적어 있었다.

그리고 믿을 수 없을 만큼 허황된 그들에 관한 이야기들을 보면서 얼마나 웃었던 자신이던가? 그런데 그런 광수혈족으로 보이는 자가 눈앞에서 자신을 향해 다가오고 있었다.

"설마, 실존했단 말인가!"

광수혈족은 혈마자의 비록에 쓰여진 세 개의 혈족 중 하나였다.

호족, 웅족, 그리고 박달족이라고 명시된 그들.

호족은 짐승의 모습을 한 전사, 웅족은 짐승을 부리는 자들, 박달족은 신묘한 주술을 사용하는 이들이라고 했다.

시간이 흘러 사람들에게 잊혀진 호족과 웅족이 뭉쳐 만들어진 것이 바로 광수혈족이었고, 박달족은 그 이야기만 전승될 뿐, 아직까지 모습을 드러낸 적이 없다 했다.

또한 혈마자가 기록한 광수혈족에 대한 내용은 혈마자 스스로도 믿을 수 없다고 표현해 두었지 않은가? 뿐만 아니라 이들에겐 어떠한 무공도 소용없다 적혀 있었다.

"그랬구나, 그랬어. 마교주가 말한 것은 자네였군. 그는 광수혈족을 알고 있었던 게로구나. 허허."

헛웃음이 나왔다.

"어째서 공헌현비를 죽인 것이냐? 그녀는 나의 유일한 가족이었다. 아니, 이제는 상관없다. 관계된 이들은 모조리 죽을 테니까.”

어느새 완전한 붉은 짐승의 모습이 되어버린 장영은 살기 넘치는 미소를 지으면서 한 발 한 발 귀원련주에게 다가갔다. 그러자 그의 투기에 반응한 귀원련의 무사들은 다리에 힘이 풀려 버렸는지 모두 주저앉아 버렸다.

“영락에게 쫓겨난 후 길고 긴 세월을 준비한 대계가 한낱 한 여인의 죽음으로 인해 실패하다니.”

귀원련주는 허탈함에 하늘을 쳐다보았다.

“좋다. 나 또한 혈마자의 전수자. 어디 한번 덤벼보려무나, 아해야!”

귀원련주는 모든 것을 체념한 듯한 목소리로 자세를 바로 잡으며 투기를 끌어올렸다.

우르르르―

지금껏 어느 누구에게서도 발현되지 않은 엄청난 양의 내공이 모여들면서 대기가 요동을 쳐대기 시작했다.

“갈가리 찢어주마!”

장영의 신형이 빛살보다도 빠르게 움직였다.

그의 날카로운 손톱은 손에 걸리는 모든 것을 잘라내고, 모든 것을 파괴했다.

“크아아앙!”

짐승의 울부짖음이 포양호 강변을 울렸다. 귀원련주의 기

운과 전귀 장영의 기운이 맞부딪치며 엄청난 굉음을 토해냈
다.

쿠아아앙!

4

똑, 똑, 똑.

기다란 손톱을 타고 핏방울이 떨어져 내렸다.

시커먼 어둠의 고요 속에서 핏방울이 바닥으로 떨어지며
나는 소리가 조용하던 동굴 안을 울렸다.

참혹한 광경이었다.

어둠에 가려져 있던 동굴 안은 팔이며, 다리며, 머리가 잘
려 나간 시체들로 가득했고, 토악질이 올라올 정도로 진한 혈
향으로 가득 찼다.

어둠 속에서 짐승과도 같은 새파란 안광을 가진 무인은 자
신의 발에 밟혀 바둥대는 한 무인의 머리를 발로 지그시 눌렀
다.

"아악! 그만! 제발 살려……."

퍼억!

살려달라 외치던 무인은 금세 머리가 터져 나가면서 더 이
상 말을 잇지 못했다.

"크르르르르."

동굴 안을 낮게 울리는 짐승의 으르렁거림.

그는 장영이었다.

포양호에서 귀원련주와 싸운 장영은 엄청난 무력으로 무인 수천을 갈가리 찢어놓았다. 포양호의 강물은 흘러내린 피로 붉게 물들었고, 강변에는 잘려 나간 시신들로 가득했다.

귀원련주는 장영과의 싸움에서 심장이 뚫려 그대로 즉사했다.

그러나 그는 아무것도 말하지 않았다. 북원에 대한 이야기는 물론 혈교에 대한 그 어떤 말도 하지 않았다. 모든 것을 자신만이 아는 사실로 가슴에 묻은 채 죽은 것이다.

하나 이미 독강시가 혈교에서 만들어졌다는 사실을 알고 있던 장영은 귀원련과의 싸움이 끝나자마자 혈교가 있는 서장으로 들어왔고, 수천 명의 무인을 도륙하면서 포달랍산에 올랐다.

하지만 포달랍산에 남겨진 것은 기존 혈교의 무리들뿐이었다. 그곳에는 더 이상 독강시와 혈화독에 대한 흔적이 남아 있지 않았다.

천만 다행하게도 태성욱이 낙양의 주고후를 조사하던 과정에서 독강시를 제조하고 있는 동굴을 알아냈다. 장영이 바로 이곳으로 찾아오게 된 이유인 것이다.

저벅저벅.

장영은 동굴을 통해 들어가면서 닥치는 대로 부수고 잘라

버렸다.

수백여 명의 무인이 덤벼들었지만 장영은 가리지 않고 베어내었다. 그것이 여인이든 노인이든 어린아이라 할지라도 이미 온몸과 정신이 짐승이 되어버린 장영에게는 일말의 동정심도 느껴지지 않았다.

그 누구보다도 악랄하고 누구보다도 강한 자, 그것이 바로 장영이었다.

한참 동안을 걸어 동굴을 지난 장영은 야명주를 천장에 박아 환하게 밝힌 거대한 공동에 도착했다.

그 앞에는 거대한 태사의에 몸을 비스듬히 한 채 자신을 내려다보는 한 명의 중년인과 흑색의 도를 허리에 차고 있는 한 명의 도객, 그리고 무척이나 익숙한 느낌을 가진 여덟 구의 독강시가 자신을 기다리고 있었다.

"어서 오시오. 전귀라 불러야 하나? 아니면 광풍창? 노호광창? 뭐라고 불러야 하지?"

비아냥거리듯이 자신을 향해 인사해 오는 중년인.

"크르르르."

"아아, 너무 그렇게 경계하지 않아도 좋다네. 어차피 자네가 원하는 바는 이미 다 이루지 않았나? 현비를 죽인 귀원련주와 하만도 죽였고 말이지."

태사의에 몸을 비스듬히 기대고 앉아 장영에게 말하고 있는 이는 바로 혈교주 청연이었다.

"참, 이거… 수고를 덜어줘서 고맙다고 해야 하나?"

청연이 자신의 앞에 놓인 과일 하나를 집어 들면서 웃었다.

"자네가 죽인 귀원련주는 말이야. 원래 내가 죽이려고 계획했거든. 어쨌든 자네 덕에 좀 더 빨리 기회가 찾아왔군."

"크르르르."

장영은 점점 더 살기 어린 분노를 발산했다.

"아아, 그렇게 노려보지 말라고. 나름대로 자네에게 줄 선물을 구하느라 꽤나 힘들었단 말이지."

청연은 자신을 노려보면서 송곳니를 드러내는 장영을 보면서 흑호로부터 한 권의 책을 넘겨받았다.

"이 책이 무엇인지 궁금하지 않나?"

장영의 인상이 찡그려졌다.

"이 책은 말이야, 혈마자가 쓴 비록이라고 하지. 얼마 전에 귀원련주와 내통하고 있던 주술사를 죽이고 그에게서 뺏은 건데 말이지."

청연은 장영이 투기를 발산하든지 말든지 신경도 쓰지 않는다는 듯이 가만히 책장을 넘겼다.

"순력 팔년. 호족에 관련된 이야기… 흐흠, 자네들의 원래 이름이 호족인 모양일세. 그들은 엄청난 힘을 가지고 있었다. 고금을 통틀어 가장 강하다 칭해지는 나였음에도 그들의 움직임을 쫓지 못했으니 그들의 힘이 어느 정도인지 가늠할 수조차 없었다. 제나라를 방문한 그들은 단둘이서 오만여 명의 정병을 무너뜨리고 제나라 황제 사도공의 목을 쳐버렸다. 결국 제나라는 조나라에 의해 무너졌고, 그들은 흔적도 없이 사라져 버렸다. 그들이 제나라를 친 이유는 명확하지 않지만… 흐흠, 둘이서 하나의 나라를 무너뜨리다니, 정말 굉장하지 않나? 자네 조상들 말이야.”

청연이 별 대수롭지 않은 듯한 얼굴로 놀라움을 표현했다.

“이봐, 어때? 어차피 자네의 목적은 무림 따위를 지키고, 명나라 따위를 지키는 것이 아니지 않나? 자네의 혈족을 찾으려는 것 같던데… 어때? 이 책을 줄 테니 잠시 동안만 나에게 협조해 주는 건? 자네도 알겠지만 자네가 오면서 기껏 내가 키워놓은 정예를 몰살시키는 바람에 손해가 막심하다고. 나에겐 꽤나 밑지는 장사이긴 하지만 자넬 위해 이 책을 주지.”

청연은 혈교에서 구한 혈마자의 비록을 가지고 장영을 포섭하려 했다.

“크르르, 재미있는 생각이군.”

장영이 청연의 말에 맞장구를 치면서 웃었다.

“한데 말이지. 내가 너를 죽이고 그 책을 빼앗는다는 생각은 안 해봤나?”

“호오, 그럴 생각인가?”

“그래. 나는 누군가와 협상 따위를 하는 속 편한 성격이 아니라서 말이지. 내가 필요한 건 내 스스로 구하는 편이라.”

"그렇다면 조금 곤란한걸?"

청연은 난처한 표정을 지었다.

하지만 조금도 걱정스런 모습이 아니었다. 되레 장영을 놀리는 듯 재미있다는 정도의 얼굴이었다.

"뭐, 아쉽지만 어쩔 수 없지. 어차피 나와 흑호만으로 원하는 바를 이룰 수는 없으니까 말이지. 우리는 이만 떠나야겠구만. 다시 세력을 모아서 무림을 도모해야겠어."

청연이 책을 품속에 넣고는 자리에서 일어났다.

"아참, 우릴 쫓을 생각이라면 쫓아와도 좋아."

청연이 장영을 향해 고개를 돌려 자신감 넘치는 표정을 짓더니 자신의 좌우에 선 독강시들을 가리키며 말했다.

"이들을 소개해 주지. 맨 앞쪽에 있는 노인은 청성파에서 꽤나 날렸다고 하는 건곤검선인가 하는 노인이고, 그다음은 혈교의 혈사검대주라고 하던데… 이름은 잘 모르겠어. 그리고 저기 목 없는 괴물은 겐둔라마인데 희한하게도 목이 없는데도 강시가 되더란 말이야. 그 옆엔 한때 잘 나갔다는 흑룡성주도 있고… 아, 그리고 맨끝에 있는 마독은 조심하는 게 좋아. 원체 독으로 단련이 되어 있어서 혈화독에 가장 빨리 적응하더라고. 아마도 여기 있는 것들 중에서는 최고의 공격력을 가지고 있을 거야. 여하튼 다들 꽤나 대단한 인물들로 만들어두었으니 내가 가고 나서도 심심하진 않을 거야. 이들을 독강시로 만드는 데 꽤나 많은 시간이 들었지. 련주의 눈에 안 띄려고 고생도 많이 했고 말이야.”

그랬다.

그곳에 모인 독강시들은 모두가 무림에 내로라하는 고수
들이었다.

장영은 게슴츠레한 눈빛으로 청연을 노려보면서 송곳니를
깨물었다.

“그럼 잘 있으라고.”

“크아아앙!”

장영이 거대한 포효성과 함께 튀어나갔다.

까강!

장영이 후려친 손바닥은 어느새 다가와 막아선 독강시에
의해 제지되었다.

휘아악!

장영을 향해 독강시들의 공격이 시작되었다.

공중제비를 돌며 지면으로 떨어지는 장영을 향해 미리 대
기하고 있던 독강시들의 주먹이 날아왔다.

“크르륵!”

몸이 지면에 떨어지기도 전에 회전하면서 장영의 손가락
이 독강시들의 주먹을 후려쳤다.

뻐벅!

그리고 지면으로 내려왔을 때는 어느새 독강시 여덟 구에
의해서 장영은 포위된 상태였다.

“그럼 수고하라고. 쉽진 않을 거야.”

청연과 흑호는 장영을 비웃으면서 순식간에 공동을 빠져나갔다.

“크아아앙!”

거대한 포효가 그들의 뒤에서 동굴 안을 울렸다.

“후후. 어쨌든 나름 좋은 정보를 얻게 되었군. 귀혼대를 만드는 것도 실패했고, 무림을 제패하는 것도 실패했지만, 덕분에 광수혈족이 어디 있는지를 알게 됐으니 밑지는 장사는 아니야.”

비밀 통로를 향해 동굴을 빠져나온 청연은 비릿한 웃음을 지었다.

“자, 그럼 전설 속에 가려진 광수혈족을 찾으러 가볼까? 큭큭큭.”

第十章
그리고 그 후…

戰鬼
전귀

　귀원련의 수괴였던 귀원련주와 흑룡성주가 목숨을 잃은 후 그들이 모은 세력은 뿔뿔이 흩어졌다.

　단독으로 귀원련의 세력을 하나하나 무너뜨려 버린 사내 장영은 어디론가 사라져 버렸고, 이후 아무도 그를 찾을 수 없었다. 단지 '전귀' 라는 두 글자만이 전 무림을 진동시켰다.

　세월은 흐르고, 무림은 차츰 안정을 찾아가기 시작했다.

　남궁세가는 무림의 위기를 홀로 막은 유일한 문파로 기억되어 무수히 많은 무림인들의 존경을 받아 무림제일가가 되었고, 그와 함께했던 북해빙궁은 중원의 길림성에 분파를 만들어 또 하나의 중원제일궁이 되었다.

　그 싸움에서 남궁가휘는 무림인들로부터 '창천제'라는 엄청난 칭호로 불리며 마교주를 제치고 천하제일인으로 추앙받았다. 그와 함께 남궁세가가 위치한 안휘성은 무림인들의 성지가 되어 사파와 정파를 불문하고 남궁세가의 허락을 받지 않고는 어느 곳에서도 분란을 일으킬 수가 없었다. 무인들은 안휘 성도에 들기 전에 남궁가가 있는 방향을 향해 무림을 구한 위명에 공손하게 포권을 하는 전통이 생겨났다.

　뿐만 아니라 새롭게 황제 위에 오른 선덕제 주첨기는 명나라를 북원으로부터 구해낸 공로로 장영을 진충광록대부에 임명하여 그에게 황제 이하 모든 대명의 관료들에 대한 생살여탈권을 부여했다. 또한 그와 관계된 모든 자손들에 대해서 반란죄가 아니라면 어떠한 죄도 사면해 줄 뿐 아니라 황제의 곁에 두겠다고 공포했다.

　그 후 자신이 전귀의 아들이라는 둥 부모라는 둥의 사칭하는 자들이 생겨나기도 했다.

　남궁세가는 황제가 직접 쓴 '대명제일가'라는 현판을 수여받고 향후 오십 년간의 세액을 면제받았으며, 안휘성 일대의 모든 상권에 대한 독점권을 부여받았다.

　그렇게 귀원련의 잔재가 사라져 가면서 무림은 또다시 하나씩 자리를 잡아갔다. 무너졌던 구파는 봉문을 해제하고 다시금 그 힘을 키워 나가기 시작했고, 무수히 많은 방파가 새롭게 생겨났다.

*   *   *

쪼르륵.

향긋한 차가 다기를 타고 찻잔에 차올랐다.

두 잔의 용정차와 흑요석으로 만들어진 바둑판을 사이에 둔 일노일소가 대국을 바라보고 있었다. 어린 소동은 잡혀 버린 대마를 회생시키기 위해 인상을 찡그리면서 어찌할까를 고민하고 있었고, 청수 백염의 노인은 뜨거운 차를 들이켜면서 훈훈한 미소를 띠고 있었다.

"소아, 어찌 그리 고민하는 게냐? 이미 또 졌지 않느냐?"

노인이 빙긋이 웃는다.

"아니에요, 할아버지. 이번만큼은 절대 지지 않아요. 조금만 기다려 봐요. 이길 수 있다구요."

소년이 손을 저으며 울상을 짓는다.

한참을 생각하던 소년은 이미 잡혀 버린 대마를 살리기에는 도저히 엄두가 나질 않자 그만 헤실거리면서 포기해 버렸다.

"헤헤. 할아버지, 좋아요. 제가 졌어요. 그래도 마음씨 착한 저희 할아버지이시자 천하제일인이신 창천제께서 귀여운 손주를 위해서 외가에 갔다 오는 걸 허락해 주실 거라 믿어요."

그랬다. 청수한 백염의 노인은 남궁가휘였다.

당금 무림에서 창천제라는 엄청난 무림명을 사용할 수 있는 자는 오로지 대검호이자 천하제일검이며 천하제일인으로 추앙받는 남궁가휘밖에 없었다.

그리고 앞에 앉은 어린 소동은 남궁가휘의 손주이며 근래에 남궁가휘의 사랑을 독차지하고 있는 남궁소였다.

"영감, 또 바둑으로 내기를 하고 있는 겝니까?"

마치 옥구슬이 구르는 듯한 목소리의 한 여인이 문을 열고 들어오면서 흐뭇한 미소를 지었다.

"할머니!"

"오냐. 그래, 소야. 네 녀석 또 할아버님께 괴롭힘당하고 있는 게냐?"

흰머리가 희끗희끗한 아름다운 얼굴의 노부인은 설약벽이라는 이름을 가진 남궁가의 안주인이었다.

"누가 괴롭혔다고 그러는 것이야. 소아 녀석이 먼저 내기를 하자고 했다고."

남궁가휘가 억울하다는 듯이 나이에 맞지 않게 입을 삐쭉거렸다.

"거짓말 말아요."

엄포를 놓듯이 샐쭉한 표정을 지으면서 남궁가휘를 흘긴 설약벽은 자신의 품에 안겨오는 남궁소에게 온화한 얼굴로 물었다.

"그래, 우리 어린 도령께서 무슨 일로 할아버지와 내기바둑을 둔 것이냐?"

"사실은 이번에 아버님의 외가인 궁에 예물이 들어간다고 들었는데 아버님이 같이 보내주려 하지 않으세요."

"빙궁에?"

빙궁은 설약벽의 친정인 북해빙궁을 말하는 것이리라.

"네."

"흐흠, 아마도 네가 너무 어려서 그런 모양이다. 자칫하다가 감기라도 걸리면 큰일이 아니냐? 더구나 네가 할아버님의 사랑을 독차지 하고 있으니 네가 가고 나면 할아버님이 적적해하시지 않겠느냐."

"그래도 가보고 싶은걸."

투정을 부리듯이 남궁소가 뾰루퉁한 표정이 되었다.

"음, 좋다. 이 할미가 아범에게 한번 말해보마."

"정말요?"

"그럼. 대신 이 할미랑 같이 가자꾸나."

설약벽이 빙긋이 미소를 지었다.

"아니, 그게 무슨 말이오? 그럼 나도 갈 거요!"

남궁가휘가 빽 하고 소리를 질렀다.

"무슨 소리예요? 당신은 안 돼요."

"아니, 나는 왜 안 된다는 거요!"

"으이구, 다 늙어서 어찌 그리 철이 없어요? 당신이 가면

가주가 얼마나 고생을 할지 몰라서 그래요?”

“그야… 뭐…….”

그렇다. 남궁가휘가 움직이면 일반적으로 상단이 움직이는 게 아니게 된다. 그는 전 무림이 인정하는 천하제일인이었고, 무림뿐 아니라 관부에도 엄청난 영향력을 가지고 있는 거물이다. 그런 그가 움직이면 남궁가는 그의 위명에 걸맞는 호위대와 거창한 예물을 준비할 수밖에 없을 것이고, 맞이하는 빙궁에서도 때아닌 소란을 떨어야 하기 때문이다.

“안 돼! 절대로. 소아가 가면 나도 갈 거요.”

“가주를 힘들게 하실 참이에요? 어째서 그리 소아 녀석이라면 사족을 못 쓰시는 거예요? 체통도 좀 지키시라구요. 매번 소아 때문에 당신이 일으킨 사고로 뒷수습하느라 힘든 가주가 저한테 막아달라고 하소연하는 것이 한두 번인 줄 아세요?”

천하제일인의 사랑을 독차지하는 남궁소는 알게 모르게 많은 사고를 치고 있었다. 사실 남궁소가 아니라 남궁가휘가 치는 것이지만 말이다.

세가의 무공 교두들이 집안의 자손들에게 무공을 가르치다가 남궁소가 다친 일이 있었는데, 그 소식을 전해 들은 남궁가휘가 난리를 피웠다.

세가의 전 무공 교두들부터 세가의 대소사를 관장하는 당주 급 이상이 남궁가휘가 머무는 창궁전에 불려가 안전성이 어떻네, 이제는 교육방식이 변화되어야 하네 마네 하는 잔소리를 세 시진 이상이나 들어야 했을 때만 해도 그냥 그러려니 했다.

한번은 남궁소가 유람을 나갔다가 산적들에게 잡힌 일이 있었고, 그 일로 안휘성 주변의 산적들은 몰살을 당했다. 하여간 남궁소가 나갔다가 타 문파와 엮인 경우에는 조용히 넘어가는 일이 없었다.

또 한 번은 빙궁에서 놀러 온 소궁주 설리한이 남궁소가 귀엽다면서 자신의 빙공을 보여주다가 남궁소의 손을 얼려 버린 일이 있었다. 결국 그 일로 빙궁의 궁주까지 불려와서 남궁가휘에게 싹싹 빌고 나서야 노기를 푼 적도 있었다.

만약 그때 설약벽이 중재를 하지 않았다면 아마도 빙궁마저 쓸어버렸을 것이다. 남궁가휘는 충분히 그럴 만한 무위를 가지고 있었으니까.

결국 모든 것이 남궁소에 대한 지극한 애착 때문에 그런 일이 생긴다는 사실을 알게 되었다. 항상 인자한 남궁가휘는 유독 남궁소와 관련된 일만은 어떠한 경우에도 고집을 굽히지 않았다. 그런데 빙궁에 놀러 갔다가 남궁소가 감기라도 걸리는 경우에는 무슨 일이 일어날 줄 알고 남궁가주가 허락을 한단 말인가?

"한번 말해보시구라. 왜요? 소아가 어디 숨겨놓은 자식도 아니고, 손주인데 아무리 이뻐도 그렇지 평소에는 그리도 공명정대한 양반이 매번 화를 내시는지."

"에잉, 말도 안 되는 소리."

사실 설약벽도 궁금하기 그지없었다, 왜 유독 남궁소에게만은 그리 광적으로 집착을 보이는지.

그때 남궁가휘가 반백이 되어버린 뒷머리를 긁적거리면서 말했다.

"실은… 닮았거든……."

"예?"

"그게… 과거의 그분과 소아 녀석의 생김새가 너무도 닮았거든……."

남궁가휘는 뒷머릴 긁적이면서 조금 꿈꾸는 듯한 표정으로 말했다. 그제야 설약벽은 어째서 남궁가휘가 그렇게 광적으로 남궁소를 아끼는지 이해가 되었다. 사실 그녀도 전귀의 정확한 얼굴을 본 적은 없었다. 하지만 남궁가휘의 기분을 조금이나마 이해할 수가 있을 것 같았다.

오십여 년 전 무림이 풍전등화의 위기에 놓였을 때 전 무림을 구했던 한 인물.

그가 떠난 이후 남궁가휘가 얼마나 그를 그리워했던가. 얼마나 많은 시간 동안을 술로 지새웠던가. 그때는 옆에서 보는 설약벽의 가슴마저 타 들어가는 듯했다.

그러다 무슨 일이 있었는지는 모르지만, 남궁가휘는 어느 순간부터 미친 듯이 무공을 수련했다. 결국 무공의 벽을 뛰어

넘은 이후로는 갑자기 지금의 가주인 당시 일곱 살의 남궁무강에게 가주 위를 넘긴다고 말하고는 세가를 뛰쳐나가 십여 년이나 사라졌다가 돌아온 것이다.

아마도 그때 사라진 전귀를 찾으러 갔다가 그다지 큰 소득이 얻지 못한 모양이었다.

전귀는 남궁가뿐 아니라 당시를 살았던 모든 인물에게는 거의 전설이 되어버린 인물이었다. 그리고 남궁가휘 본인에게는 스승과도 같은 인물이었다. 지금도 당시 멸마단 이대의 무인 중 유일하게 살아 있는 적환과 을지마로를 만나면 항상 그의 이야기로 술을 마시곤 했다.

"할아버지, 혹시 전귀라는 그 사람이 이 책에서 나오는 사람이에요?"

남궁소가 방의 한쪽 구석으로 뛰어가더니 작은 책 한 권을 들고 남궁가휘에게 내밀었다.

'중원의 구세주' 라는 멋없는 제목으로 쓰여진 위인전기집이었다. 자신이 어린 시절 노호광창의 전기를 읽으며 꿈을 키운 것처럼 남궁소 역시 전귀에 관련된 전기집에 푹 빠져 있는 듯했다.

남궁가휘는 흐뭇하게 웃으면서 남궁소의 머리를 쓰다듬어 주었다.

"그래, 바로 그분이란다."

"우와, 그럼 할아버지가 이분도 아는 거예요?"

“그럼 당연하지. 이 할아비는 그분께 무공을 배웠는걸?”

“정말요? 그럼 할아버지보다 강하겠네요?”

아이들 사이에서는 천하제일인이라는 남궁가휘와 전설적인 인물 전귀 중 누가 더 강한지 실랑이가 자주 생기고는 했는데, 남궁소는 항상 전귀가 강하다고 주장하곤 했다.

“당연히 강하지. 사실은 천하제일인은 바로 그분이란다. 참, 어디에 뒀더라? 그분에 관련된 다른 책도 있는데… 이쿠, 여기 있구나.”

남궁가휘는 거의 해져 버린 오래된 책을 발견하고 먼지를 탈탈 털어 자신의 손주에게 건넸다.

책에는 ‘사천혈사의 영웅, 노호광창!’ 이라는 제목이 쓰여 있었다.

“우와! 이것도 전귀에 관한 이야기인 거예요?”

“그래, 그렇단다.”

전귀에 관련된 이야기는 남궁소가 가장 좋아하는 이야기이다. 더구나 그에 관련된 이야기를 해주면 항상 정신을 차리지 못하기도 했다.

“참! 할아버지, 지난번에 해주신 이야기를 계속해 주세요. 나머지 분들은 어떻게 됐는지.”

“흐흠… 그래, 그러자꾸나.”

남궁가휘는 얼마 전 을지마로가 찾아왔을 때 남궁소를 앉혀놓고는 전귀와 함께했던 열네 명의 이야기를 해준 적이 있

었다. 하지만 남궁소가 잠들어 버리는 바람에 다 해주지 못했
다.

"지난번에 이야기해 준 것처럼 멸마단 이대에는 굉장한 사
람이 많았단다. 그들은 전귀 장영을 중심으로 해서 돌격조와
작전조, 추적조로 나누어져 있었지. 그리고 그것에 대한 모든
것을 계획한 것은 바로 태성욱이라는 사람이었단다."

"태성욱님이라면 혹시 마뇌를 말씀하시는 거 아니에요?"

"그래, 흔히 무림에 알려진 마교의 최고의 두뇌라 불린 마
뇌 태성욱이 바로 그란다……."

＊　　　＊　　　＊

전귀 장영이 사라진 이후에 무림은 많은 부분이 변했다.

그중 가장 사람들의 이목을 모은 것은 바로 전귀와 함께했
던 열넷 중 남궁가휘를 제외한 무인들에 관한 이야기였다.

사마수동이 가장 먼저 죽어 그의 고향인 포양호에 뿌려졌
다.

살아남은 이들은 각자가 서로 다른 일을 하면서 살기 시작
했는데, 먼저 작전 분야를 책임지고 있던 태성욱은 전귀가 사
라진 이후에 마교로 들어갔다. 아마도 장영에 대한 정보를 찾
기 위해서였는지도 몰랐다. 하지만 결국 그는 뛰어난 능력으
로 인해 마교에서 군사가 되었고, 독고진악의 뒤를 이어 교주

가 된 혈도위와 함께 마교를 이전보다 더욱 큰 규모로 성장시키게 된다. 하나 마교 내에서 일어난 분란에서 배신자들의 칼에 목숨을 잃게 된다.

두 번째는 남학기였다.

남학기는 주첨기를 보호하기 위해 남겨졌다가 주첨기의 호위 무장이 되었다.

그리고 선덕제로 즉위한 주첨기를 무수히 많은 암살 위기에서 구해내고 훈국공신이 되었다가 지병이 생겨 하야한 후 기존에 멸마단에 있을 때부터 해왔던 도구 제작으로 수많은 부를 축적한다. 그러나 결국 앓고 있던 지병이 심해져 오랫동안 병석에 누워 있다가 죽었다.

세 번째는 북궁우천과 한백이었다.

그들은 원래부터 도박을 좋아했다. 전귀가 떠난 후 술과 도박으로 여생을 보내다가 사기 도박을 하는 바람에 관부의 추격을 받게 된다. 황명에 의해 그 죄를 용서받지만 그 후 어디로 갔는지 전해지는 바가 없었다. 남궁가휘는 아직까지도 세가의 무사들과 무림의 수많은 정보 단체에 의뢰해 그들을 찾고 있지만, 수십 년이 지난 지금까지도 그 종적이 밝혀지지 않고 있었다.

네 번째는 양녹산이었다.

양녹산은 북궁우천과 함께 멸마단의 돌격조로 무척이나 강한 무공을 가진 자였다. 처음에는 남궁세가에서 무공 교두로 한동안 생활하다가 일가를 이루어 안휘의 양가장이라는 장원을 세우고 후학을 양성하였다.

그후 양가장은 나날이 번성하여 양가삼절곤이라고 하면 무림에서도 일절로 치는 무공이 되었고, 지금도 그 영향력이 엄청난 곳이다.

더구나 무림제일가인 남궁가의 비호를 받고 있었기 때문에 중원오대세가 중 말석을 차지할 수 있게 되었다. 그러나 양녹산 사후 그의 아들인 양환은 그다지 뛰어나지 못한 인물이라 최근에 들어 무척이나 그 세가 약해졌다.

다섯 번째는 이경이라는 무인이다.

그는 을지마로와 함께 용독술에 관해 연구했던 자인데, 운남 독지에 들어간 이후 아직까지 생사가 밝혀지지 않고 있다. 가끔 을지마로가 그를 찾기 위해 운남으로 다녀올 때가 있다고 한다.

여섯 번째는 금마연이었다.

금마연은 나머지 사람들과는 달리 무척이나 평범한 삶을 살다가 죽었다. 원래부터 말이 없는 사람이었고, 멸마단 내에서도 적환 이외에는 그다지 친한 이가 없었기 때문에 그의 삶에 대해서는 그다지 알려진 바가 없었다. 단지 장백산 자락에 모옥을 짓고 홀로 농사를 지으면서 살았다고 한다.

일곱 번째는 상준강과 서문강, 정석 이 세 사람인데, 그들은 멸마단 시절부터 크게 활약상이 없었고, 중간에 빠져 버렸기 때문에 누구도 기억하는 자가 없었다.

여덟 번째는 지금까지 살아남아 가끔씩 남궁가휘를 만나기 위해 찾아오는 적환과 을지마로였다.

적환은 그때 혈화독에 당한 이후 무공을 잃었다.

결국 무공을 잃은 적환은 안휘성 근교에 있는 음식점에 남궁가의 소개로 조리 보조가 되었다가 요리를 익혀 숙수가 되었다.

지금은 꽤나 알아주는 숙수가 되어 가끔 관부에도 불려가서 요리를 해주는 실정이었고, 남궁가에서도 초대되어 잔치 때마다 요리 솜씨를 보이기도 한다. 또한 그는 남궁소가 어린 시절부터 만나온 터라 무척이나 잘 따르는 편이었다.

그는 요리를 하면서 모은 재산으로 작은 장원을 사서 결혼을 하고 다섯 명의 사내아이와 두 명의 딸아이를 가진 가장이 되었다. 그 사내아이 중 둘이 남궁가의 창궁검수로 활동하고 있었다. 뿐만 아니라 그 딸들 중 큰딸은 남궁가의 가주인 남궁무광의 아내가 되어 현숙한 여인으로 남궁가의 모든 이들의 사랑을 받고 있었다.

남궁가휘와 적환은 어느새 사돈 관계가 된 것이다.

그다음이 을지마로인데, 그의 거처는 명확하지 않았다. 원체 의술을 연구하는 것을 좋아했고, 독에 관해서라면 자다가도 벌떡 일어날 인물이었기 때문에 온세상을 방랑하면서 살고 있었다. 결국 그가 찾아오는 날이면 적환과 남궁가휘까지

세 명이 모여 술을 마셨고, 그럴 때면 남궁세가는 온통 잔치 분위기가 되었다.

남궁소는 을지마로를 꽤나 무서워하는 편이었다.

남궁가휘가 무척이나 아낀다는 이야기를 듣고 을지마로가 남궁소를 만난 적이 있었다. 그 역시 남궁소가 대주와 얼굴이 비슷하다는 생각에 남궁소를 무공을 익히기 가장 적합한 신체로 바꾸어놓겠다면서 몇 년을 연구해서 남궁소의 신체에 모종의 대법을 시행하는 바람에 그 고통을 이기지 못한 남궁소가 두고두고 미워하고 있는 실정이었다.

"그래서 지금까지 남아 있는 사람은 이 할아비와 마로 형님, 적환 형님뿐이란다."

길고 긴 이야기가 끝이 났다.

남궁소는 꿈꾸는 듯한 몽롱한 표정으로 남궁가휘의 이야기에 빠져 있다가 입을 헤벌쭉 벌리고 있었다.

"재미있었더냐?"

남궁가휘가 만면에 미소를 가득 머금은 채 남궁소를 향해 물었다.

"네!"

물음이 끝나기가 무섭게 남궁소가 대답했다.

"근데… 할아버지, 다른 분들의 이야기는 다 알겠는데 어째서 전귀 장영, 그분이 어떻게 되었다 하는 이야기는 하나도 없어요? 전 그분에 관한 이야기가 제일 듣고 싶은데…….”

“흐흠, 사실 그분에 관한 이야기는 나도 잘 모르겠구나. 귀원련과의 싸움이 끝나고 사라진 후 십 년이나 그분의 행방을 찾았지만 끝내 발견할 수 없었단다. 아마도 그분은 자신들의 혈족과 함께 살고 계시지 않을까 하는 생각이 드는구나. 하긴 그분이라면 분명히 혈족에게 돌아가서도 꽤나 시끌시끌하게 살지 않으셨을까?”

남궁가휘의 입가에 알 듯 말 듯한 미소가 지어졌다.

“피, 그분에 관련된 이야기를 듣고 싶었는데…….”

입을 삐죽거리면서 남궁소가 실망한 표정을 지었다. 한데 그 모습이 어찌나 귀여운지 남궁가휘는 쓴웃음을 지으며 남궁소의 얼굴에 자신의 얼굴을 비벼 자신의 품에 안았다.

“아유! 귀여운 내 새끼, 누굴 닮아 이리 귀엽누.”

“아얏! 할아버지, 뭐 하시는 거예요. 따갑다구요.”

그런 일노일소의 모습에 함께 있던 설약벽의 입가에 가느다란 미소가 지어졌다.

『전귀』終

번외편
사라진 전귀

戰鬼
전귀

묘한 느낌이었다.

무척이나 익숙하기도 하고 위협적이기도 한 알 수 없는 살기가 장영의 피부를 따가울 정도로 찔러댔다.

장영은 귀원련과의 싸움을 끝내고 조선으로 떠나기 전 남궁가휘가 찾아와 함께 술자리를 하고 있었다. 귀원련과의 싸움은 남궁가휘를 창천제라는 엄청난 무림명과 함께 무림 초고수의 반열에 올려주었고, 남궁세가를 중원제일가로 기억하게 했다. 하나 실제로 그때의 싸움을 기억하는 이들은 전귀라는 이름을 더욱 추앙하고 있었다. 그후에 무림에는 '무슨무슨 귀'라는 식의 무림명이 봇물 터지듯이 쏟아져 나온 것만

보아도 전귀의 무게가 얼마나 큰 것인가를 보여주는 한 단면
이었지만, 그들은 여전히 산기슭에 모닥불을 피워두고 술을
마시는 변함없는 한 무리의 무인들에 불과했다.

"왜 그러십니까, 대주?"

북궁우천은 갑자기 자신의 설명을 듣고 있던 장영이 무척
이나 기분이 나빠진 인상으로 날카롭게 주위를 둘러보자 의
아해하면서 물었다. 그의 물음에도 장영은 대꾸조차 하지 않
은 채 천천히 주위를 훑으면서 자신의 기분을 무척 상하게 하
는 살기의 주인을 찾았다.

무림에서 살아온 십여 년이 넘는 세월 동안 수많은 이들을
만났고, 수많은 강자들과 상대해 오면서 지금과 같은 살기를
느껴본 것은 처음이었다.

마교의 최강 무인이자 천하제일이라 칭해지던 독고진악
도, 귀원련주조차도 이런 기운을 가지고 있지는 않았다.

그것은 마치 먹이를 노리는 듯한 야수의 느낌이었다.

"너희는 느끼지 못하는 것인가? 이렇게 강한데?"

주위를 둘러보던 장영은 문득 이상한 느낌이 들었다. 이렇
게도 분명하게 느껴지는 기운이었고 전해지는 살기에 피부가
따끔거려 올 정도였건만, 자신의 주위에 있는 수하들은 아무
것도 느끼지 못하는 듯했다. 귀원련과의 싸움이 끝나고 무림
의 제일좌에 오른 남궁가휘조차도 아무런 반응이 없었다.

"예? 무슨 이상한 기운이라도?"

그제야 고개를 기운을 끌어올려 주위를 경계하는 그의 수
하들은 이내 자신들의 감각에 아무런 느낌조차 잡히지 않자
더욱 의문스러운 눈초리로 자신을 바라볼 뿐이었다.

'설마 나에게만 느껴지는 것인가?

이리도 강한 기운과 강한 살기를 느끼게 하면서도 자신에
게만 집중된 듯한 살기.

마치 자신을 도발해 오듯이 강한 살기였지만 도무지 그 살
기의 근원지를 찾아낼 수가 없었다.

'너무 대단해서 말도 나오질 않는군. 이런 살기를 풍기는
자라면… 그는 독고 영감보다 강하다. 아니, 독강시보다 훨씬
강하다.'

장영은 온몸의 세포 하나하나가 곤두서는 것만 같았다.

지난 십여 년 동안 한 번도 느껴보지 못한 느낌에 소름이
돋았고, 지독하리 만큼 강한 살기는 그에게 묘한 흥분감을 느
끼게 해주었다.

"크크, 찾았다."

장영이 있는 야산과 얼마 떨어지지 않은 숲.

거대한 나뭇가지 위에는 두 명의 인영이 장영과 그 일행을
바라보고 있었다. 한 명은 무척이나 거대한 덩치를 가지고 있
었다. 엄청난 근육으로 뭉쳐진 팔은 웬만한 여인의 허리만큼
이나 굵었다. 그리고 또 한 명은 준수한 얼굴을 가진 흑의복

면인이었다.

"모여 있는 자들은… 쓰레기에 불과한 것인가?"

거대한 덩치의 사내는 장영과 그의 일행에서 느껴지는 기운에 비웃듯이 말했다.

"일단… 대충 이쪽의 기운을 느낄 수는 있는 것 같군. 하긴, 혈족의 배신자의 씨앗이라고는 해도 붉은 범의 인을 타고 난 사내의 아들이니."

끝말을 흐리듯이 말하면서 자신의 의견에 동조를 구하듯이 거대한 덩치의 사내는 흑의복면인을 쳐다보다 이내 흑의복면인이 고개를 끄덕이자 기분 좋은 웃음을 지었다.

"크크크, 좋아. 그럼 어디 가볼까?"

팟!

마치 처음부터 그 자리에 없었던 것처럼 흑의복면인과 거대한 덩치의 사내가 사라졌다.

"응?"

장영은 자신의 바라보고 있던 기운이 엄청난 속도로 다가오는 것을 느끼고는 자신의 앞에 서 있던 남궁가휘를 발로 걷어차 버렸다.

퍼억!

"큭!"

장영의 발에 맞아 뒤로 넘어진 남궁가휘.

경력이 실리지 않았기 때문에 그다지 큰 충격은 없었다. 하지만 갑자기 자신을 발로 찬 장영의 행동에 이해가 되지 않아 인상을 쓰듯이 고개를 드는 순간 자신의 앞에 서 있는 거대한 덩치의 그림자에 의해 그만 몸이 굳어버리고 말았다.

'누… 구?'

느끼지도 못한 사이에 자신이 있던 곳에 나타난 거대한 덩치의 남자와 또 한 명의 남자.

"호오, 대단한걸? 그걸 느꼈단 말인가? 아깝네. 일단 한놈을 죽여 버릴 수 있었는데 말이야."

거대한 덩치의 남자가 전혀 감탄스럽지 않은 탄성을 내뱉었다. 무엇을 느꼈다는 말일까.

두 명의 남자가 모습을 드러내고 나서야 자신의 무기를 잡고 튀어나가듯이 물러서면서 경계하는 멸마대의 무사들은 등 뒤로 식은 땀이 흘러내리는 것을 느꼈다.

'바, 반응조차 못했어.'

'꿀꺽!'

모두가 경계심이 가득한 눈빛으로 나타난 두 명의 남자를 바라보는 동안 장영의 무심한 목소리가 흘러나왔다.

"아까의… 그 느낌은 그대들이었나?"

장영의 물음에 거대한 덩치의 사내는 히죽거리면서 웃었다.

"그래. 우리지. 너, 우리를 느끼고 있더군. 크크크크."

　무엇이 그리도 좋은지 큭큭대면서 웃는 거대한 덩치의 남자를 바라보면서 장영은 어금니를 깨물었다. 엄청난 위압감이었다. 아직 자신의 수하들은 느끼지 못하고 있는 듯했지만 그들에게서 느껴지는 기운은 엄청난 수준이었다.

　더구나 말없이 자신을 바라보고 있는 흑의복면인에게서는 감히 추측조차 할 수 없는 정도의 기세가 느껴졌다.

　"너희들은 누구지?"

　긴장한 듯한 목소리로 장영이 물었다.

　"어? 뭐야? 몰랐던 거야?"

　거대한 덩치의 사내는 무척이나 실망스럽다는 표정으로 장영을 바라보았다.

　"에이, 붉은 범의 인을 타고났다고 하더니, 결국 반쪽짜리였나?"

　무슨 말일까? 붉은 범의 인이라니? 더구나 마치 자신을 잘 알고 있는 듯한 말투.

　"뭐, 하긴 상관없겠지. 어차피……."

　뻐억!

　"큭!"

　히죽이면서 웃던 거대한 덩치의 사내의 주먹이 장영의 복부에 꽂혔다.

　언제 움직였던 것일까. 장영은 복부로부터 오는 충격에 팅겨나가 듯이 뒤로 밀려났다.

"…죽을 테니까. 크크크크."

거대한 덩치의 사내는 자신의 주위를 둘러싼 멸마대의 무사들을 둘러보면서 잔인한 웃음을 흘렸다.

"대! 대주!"

"어, 언제?"

눈앞에서 움직이는 것을 보지도 못했다.

그들이 본 것은 장영이 거대한 남자의 주먹에 튕겨 나가 버리는 모습뿐이었다.

"뭐야? 안 덤비는 거냐?"

거대한 덩치의 남자는 긴장하고 있는 멸마대의 무사들을 비웃으며 도발했다.

"네, 네놈! 창궁일섬!"

바닥에 쓰러져 있던 남궁가휘가 엄청난 속도의 발검술로 거대한 덩치의 사내를 향해 자신의 최대의 절기를 담은 일검을 뻗었다.

턱!

"응?"

하지만 검이 미처 다 뽑혀 나오기도 전에 거대한 남자의 손이 남궁가휘의 검병을 감싸듯이 잡아버렸다. 강력한 기가 실려 있는 발도였지만, 거대한 덩치의 사내에게는 너무도 우습게 차단되어 버렸다.

"쳇, 어설프기 짝이 없네. 이봐, 공격이라는 것은 말이야……."

뿌가각!

"컥!"

보이지도 않는 주먹이 어느새 남궁가휘의 턱을 뒤틀어 버렸다. 남궁가휘는 사내의 권에 실린 강맹한 힘을 이기지 못하고 삼 장여나 날아가 지면에 곤두박질치듯이 처박혀 버렸다.

"이렇게 하는 것이란 말씀이야."

순식간에 무림 최강이라 손꼽히는 둘이 당해 버렸다.

너무 놀라 말도 안 나오는 상황이라 모두가 움직이지도 못했다.

전귀라 불리는, 무림의 최강자 중 한 명으로 군림하며 단신으로 혈교의 독강시와 싸워 이긴 장영이 한 방, 단 한 방에 당했고, 창천제라 불리는 희대의 검공인 남궁가휘는 검도 뽑지 못하고 나가떨어졌다.

흑의복면인은 아예 나서지도 않았다. 단신으로 두 사람을 튕겨내 버린 것이다, 그것도 단 두 번의 공격으로. 도대체 누구란 말인가. 갑자기 나타난 것도 놀라운데 이런 엄청난 무력을 지닌 무인이 인적도 드문 산속에 나타나다니.

"크큭, 네… 네놈들, 도대체 뭐지?"

적환이 날카롭게 사내를 쏘아보면서 천천히 자신의 공력을 끌어올렸다.

"우리? 네놈들은 알 자격이 없어."

거대한 덩치의 사내는 자신의 정체를 물어오는 적환을 비웃었다.

"광오한 자신감이군. 일단 그만한 자격이 있는지 없는지 보아주마."

공력을 끌어올린 적환의 쌍단봉에 엄청난 양의 기운이 몰려들었다. 서서히 몰려든 기운은 유형화되어 검신을 감싸듯이 타고 올라 하나로 뭉쳐지더니 검강을 형성했다.

"호오, 대단한걸? 기운을 감추고 있었나?"

적환을 비롯한 멸마단 전원이 상대를 제압하기 위해 자신의 무기를 꺼내 들고 에워싸기 시작했다.

"멍청한 놈들, 역시 쓰레기는 쓰레기일 뿐이군. 상대의 힘도 가늠하지 못하는 것들이……."

스팟!

거대한 덩치와 맞지 않게 순식간에 그 모습이 사라져 버렸다.

퍼어억!

옆구리를 통해 엄청난 충격을 느끼며 튕겨 나가는 적환의 신형.

멸마단 이대의 무인들은 경악했다. 그들의 고개가 적환이 있던 곳을 향해 돌려지는 순간, 거대한 덩치의 사내의 몸은 이미 사라져 버린 뒤였다.

뻐벅!

고개를 돌리던 을지마로의 얼굴이 반대쪽으로 급격히 돌아가면서 피분수를 뿜어내었다.

"이건!"

"격공보!"

장영의 격공보와 똑같은 움직임이었다.

"어떻게?"

장영이 가르친, 자신들만 알고 있는 무공을 어찌 다른 사람이 알고 있단 말인가? 그들이 알기로는 멸마단을 제외하고 격공보를 쓸 수 있는 자는 남궁가휘가 유일했다.

"응?"

멸마대 무인들의 외침에 거대한 덩치의 사내는 북궁우천의 등 뒤에 나타났고 주먹이 북궁우천의 몸을 훑어내듯이 휘둘러졌다.

슉!

"응?"

자신의 주먹에 북궁우천의 느낌이 없자 거대한 덩치의 사내는 인상을 찌푸렸다.

분명히 자신들과 똑같은 움직임으로 피해 버린 것이다.

'어떻게?'

방금 북궁우천이 보여준 움직임은 분명 자신의 혈족인들만 사용할 수 있는 극쾌속의 움직임이었다.

북궁우천이 자신과 한참이나 거리를 벌려 몸을 피했음에

도 거대한 덩치의 사내는 다음 공격을 이어가지 않은 채 북궁
우천을 바라보았다.

"어떻게 한 거지? 그대들이 어떻게 일족의 움직임을 흉내
낼 수 있는 것이지?"

자신들과 비슷한 속도로 움직인 북궁우천의 모습에 무척
이나 놀랍다는 듯한 표정이었다.

하지만 멸마대의 무인들은 침만 삼킬 뿐, 아무런 말도 하지
못했다.

장영과 똑같았다. 공격하는 모습과 그들이 끌어올린 기세,
느낌, 움직임까지 모든 것이 똑같았다.

"서, 설마, 그대들은 광수혈족인가?"

한백이 눈을 게슴츠레하게 뜨면서 어금니를 깨물었다.

"호오, 우리를 알고 있는 것인가? 이상하군. 세상에 나온
지 얼마 되지 않았는데 우리를 알아보는 이가 있다?"

거대한 덩치의 사내가 자신의 물음에 대한 답을 얻기 위해
함께 온 흑의복면인을 바라보았다.

흑의복면인은 대충 이해가 가는 듯 고개를 끄덕였다.

"그랬군. 놈은 야수화가 가능했나? 의외의 수확이군. 역시
나 붉은 범의 인을 타고난 자는 반쪽짜리라도 다른 것인가?"

흠칫!

그때였다.

복면사내는 뒤에서 느껴지는 강력한 기운에 고개를 돌렸다.

"크르르르."

붉은 안광. 빳빳하게 솟아오른 붉은 머릿결에 세 치나 돋아 나온 날카로운 발톱, 그리고 입가의 새하얀 송곳니를 날카롭게 세워 으르렁거리는 장영이 극도의 분노를 표하면서 자신들을 향해 걸어왔고, 손에 쥔 검에 새하얀 강기를 덧씌운 남궁가휘가 한쪽 손으로 아까 맞은 턱 언저리를 쓰다듬으며 장영의 앞으로 나서고 있었다.

"그 모습은… 굉장하군. 고작 반쪽의 혈인으로도 적범으로의 야수화라니 말이지. 개문의 상태에 근접했나 보군. 이거 피가 끓는걸?"

거대한 덩치의 사내는 장영의 변화된 모습에 무엇이 그리 즐거운지 히죽거리면서 웃었다.

그때 빛살과도 같은 검기가 사내의 몸을 향해 날아갔다.

스걱!

갑작스러운 기운에 몸을 젖힌 사내의 앞섶이 예리하게 잘려 나갔다.

"그대의 상대는 내가 해주지."

남궁가휘였다.

거대한 덩치의 사내는 잘려 나간 자신의 앞섶을 보면서 인상을 굳혔다.

"의외군. 대단한데? 아무리 야수화를 하지 않았다고는 해도 그의 움직임을 따라잡았단 말이지? 이거 오늘은 꽤나 재미

있을 것 같군. 배신자의 씨앗을 찾으러 왔는데 의외의 상황이 많이 벌어진단 말이야. 하지만 꼬마, 조심하는 게 좋을 거다. 그는 일반 백랑견 정도가 아니다. 이미 극한을 넘어 혈족 내에서도 손꼽히는 전사.”

복면인이 거대한 덩치의 사내와 남궁가휘를 바라보면서 재미있는 구경거리라도 되는 양 흥미진진한 눈빛을 빛냈다.

“창궁지검!”

거대한 덩치의 사내의 곁으로 다가서던 남궁가휘는 예고도 없이 자신의 검을 세로로 휘둘렀다. 수십 개의 검기가 하나에서 둘로, 둘에서 셋으로 나누어지면서 엄청난 속도로 사내를 향해 날아갔다.

파파팍!

검강은 눈부신 광경과는 달리 사내를 맞추지 못하고 바닥에 처박혔고, 어느새 사내의 모습은 흔적도 없이 사라져 버렸다.

“크아앙!”

짐승의 울부짖음처럼 거대한 포효가 남궁가휘의 좌측에서 울려 퍼지며 거대한 짐승의 발톱이 때려왔다.

쿠아앙!

“검막! 창궁만리!”

남궁가휘의 몸에 사내의 거대한 손이 닿으려던 찰나, 가까

스로 남궁가휘가 검을 틀어올려 막아내며 그 힘에 튕겨지듯
이 밀리면서 삼검을 떨쳤다.

　"피해라!"
　적환은 자신들의 주위에서 남궁가휘와 짐승 같은 사내의
싸움이 시작되자 신속히 몸을 물리면서 다른 무인들에게 외
쳤다.
　"엄청나군요."
　양녹산이 혀를 내둘렀다.
　"도대체 웬 놈들일까요?"
　"글쎄… 하지만 우리가 방해된다는 것은 확실하군."
　그랬다. 자신들도 내로라하는 고수 축에 속했지만, 감히 그
들의 실력으로는 도저히 가늠할 수가 없는 이들이었다. 남궁
가휘는 이미 무림 최고수의 반열에 들어섰고, 거대한 덩치의
사내는 장영과 같은 일족으로 보였다.
　"결론적으로… 우리가 할 수 있는 일은 기다리는 것뿐인
가?"

　"크르르르."
　장영의 몸에서 엄청난 살기가 뿜어져 나왔다.
　흑의를 입은 복면인.
　그는 여전히 무덤덤한 얼굴이었다.

　귀원련과의 싸움에서 또 한 번 각성을 경험하면서 붉은 범의 힘을 대다수 활용할 수 있게 된 장영이었기에 어느 정도 이성을 유지할 수 있었다. 그리고 자신이 최강이라고 생각해도 될 정도로 강력한 힘이 몸 안에서 꿈틀댔다.

　"왜? 무엇이 두려워서 머뭇대는 거지? 덤벼봐. 일족 최고의 전투력을 가졌다는 적범의 핏줄을 경험해 보고 싶었는데 마침 잘되었군."

　복면인이 자신의 주위를 배회하듯이 어슬렁대는 장영의 모습에 비웃듯이 말했다.

　순간 장영의 모습이 사라지면서 박차고 오른 곳의 흙이 튀어 올랐다.

　슉!

　어느새 복면인의 머리 위에서 날카로운 손톱을 그어내리는 장영. 그리고 그런 장영의 움짐임을 아는지 모르는지 여전히 시선을 떼지 않는 복면인.

　꾸아아앙!

　장영의 손이 복면인의 머리를 후려치는 순간, 천지를 진동하는 엄청난 폭음이 생겨나면서 충격의 여파가 회오리치듯이 주위로 퍼져 나갔다.

　그들의 옆에서 싸우고 있던 남궁가휘와 거대한 덩치의 사내도 엄청난 위력에 잠시 싸움을 멈출 정도로 강력한 일격이었다.

널찍하게 떨어져서 그들의 싸움을 지켜보던 적환 등의 주먹이 불끈 쥐어졌고, 얼굴에는 화색이 돌았다. 하지만 잠시 후 그들의 얼굴이 경악으로 물들었다.

금강불괴만큼이나 강했던 독강시의 몸을 갈기갈기 찢어버린 장영의 일격이었다.

수천 명이나 되는 무인들과 맞서 싸우면서도 그 기세를 잃지 않은 장영이다.

그런데 내려친 장영의 손은 복면인의 머리 위에서 한 치의 간격으로 멈추어져 버렸고, 상대는 그다지 힘도 들이지 않은 모습으로 장영의 손목을 움켜쥐고 있었다.

"겨우 이 정도인가?"

무미건조하다 못해 무척이나 실망감이 가득한 음성.

"그렇군. 아직 적호와 공존할 뿐, 넘어서지는 못한 것인가?"

무슨 말일까? 분명 귀원과의 마지막 싸움에서 장영은 적호의 힘을 모두 흡수했고, 마치 탈태환골이라도 한 것처럼 그 모습이 완전히 변했었다.

"후훗, 하지만 그나마 대단하다고 칭찬해 주지. 혈족에서 자라지 못하고서도 웅의 일족인 흑웅의 힘에 맞먹는 정도니까 말이야."

퍼억!

복면인은 장영의 손을 움켜쥔 채 그대로 걷어차 버렸다.

"크윽!"

아무런 반항도 하지 못한 채 장영의 몸이 바닥에 처박혔다.

온몸에 뚫려져 나가 버릴 듯한 엄청난 충격이었다. 장영은 바닥에 처박힌 채 몸 안의 모든 것을 게워내기 시작했다. 방금 전까지 먹고 있던 음식물 찌꺼기와 핏물이 썩여 나왔다.

"쓸모없군. 고작 그 정도 충격에 정신을 차리지 못하는 거냐? 실망이다. 보여주지, 혈족의 진정한 전사가 어떤 모습인지 말이야."

복면인은 장영을 깔보면서 천천히 자신의 기운을 일으키기 시작했다.

우르르릉.

마치 지진이 일어나는 듯했다.

"대, 대기가? 떨리고 있다?"

복면인이 기세를 끌어올림과 동시에 주변에 모인 대기가 떨리기 시작했다.

"이런, 말도 안 되는……."

어떻게 인간의 힘이 자연의 흐름을 넘어선단 말인가?

"크크크, 놀랄 필요 없다. 그는 혈족에서 다음 대의 족장으로 내정된 전사니까. 고작 인간의 힘으로 그를 가늠할 수는 없겠지. 아둔한 자식들."

거대한 덩치의 사내는 남궁가휘를 비웃었다.

"고작 인간의 힘? 그대들은 인간이 아닌가?"

"흥, 멍청한 놈들. 우리 혈족에 대해서 잘못 알고 있군. 우리는 조율자다. 너희 따위의 하급한 놈들과는 달라. 신에 근접한 힘을 가진 자들. 그것이 바로 우리 광수혈족이다. 고작 저따위 실패작의 힘이 최강인 줄 아는 너희들의 수준으로는 절대로 우리를 가늠할 수 없다."

사내는 쓰러진 장영을 바라보면서 히죽거리면서 비웃었다.

"일어서라, 적호의 실패작이여. 그대의 아비는 혈족 최강의 전사였다 들었지. 그리고 그대의 아비에 의해 나의 아비였던 흑표가 목숨을 잃었다고 들었다. 그 정도로 실망스러운 모습을 보인다면 네놈의 아비에게 죽은 내 아비가 얼마나 원통해하겠나."

복면인의 모습은 짐승처럼 변해 있었다.

쓰고 있던 복면은 어느새 찢겨져 나갔고, 드러난 얼굴에는 가느다란 문양과 함께 세 치 정도로 길어진 어금니가 입술 밖으로 삐져 나와 있었다. 몸에는 성성이와 같이 금색의 털이 자라나 있었다.

"무슨 이유에선지 네놈의 아비를 찾아오라는 족장의 말이 있었지. 하지만 어떻게 데려오라는 말은 하지 않았다. 적어도 살려서는 데려가 주마."

빽!

움직임과 동시에 격타음이 생겨났다.

장영의 몸은 무언가에 의해 계속해서 얻어맞고 있었음에도 성성이 같은 사내의 모습은 전혀 보이지 않았다. 그것은 곧 눈에 보이지도 않을 정도로 빠른 움직임으로 장영을 공격하고 있다는 뜻일 터였다.

퍼억!

장영이 땅바닥에 거세게 처박혔다.

격타음이 들릴 때마다 장영의 몸이 새우처럼 꺾이고, 땅바닥에 처박히면서 수십여 개의 찢겨진 상처가 생겨나 핏물을 토해냈다.

그렇게 장영은 아무런 반항도 하지 못하고 한참 동안이나 사내의 주먹질과 발길질에 유린당했다. 압도적인 힘의 차이였다.

털썩.

이윽고 장영의 몸이 땅바닥으로 떨어져 내렸다.

가만히 장영을 내려다보던 사내의 발이 시체처럼 쓰러져 바닥에 처박힌 장영의 목줄기를 밟고 눌렀다. 순식간에 부어오른 눈자위 사이로 핏기가 가득한 장영의 눈이 사내를 노려보았고, 분에 억눌린 신음성이 새어 나왔다.

"크르르르."

"쯧, 네놈에겐 그다지 흥이 생기지 않는군. 힘없는 자의 반항만큼 보기 싫은 것은 없지. 쓰레기면 쓰레기답게 고분해져라."

그는 장영의 목줄기를 밟은 발에 힘을 주며 비웃었다.

장영이 엄청난 모욕을 당하고 있음에도 멸마단의 무사들과 남궁가휘는 손가락 하나 까딱하지 못했다.

이미 사내가 뿜어낸 기세에 제압당해 버린 듯 움직이고 싶어도 몸이 말을 듣지 않는 것이었다.

'젠장, 무림에서 누구보다 강해졌다 자부했거늘. 한낱 치기에 불과했단 말인가.'

남궁가휘는 온몸의 공력을 극한으로 끌어올렸음에도 도저히 그의 기세를 넘어서질 못하자 절망감에 빠져들었다.

"흑웅!"

장영의 목줄기를 밟은 채 사내가 거대한 덩치의 사내를 불렀다.

"응!"

"돌아간다. 놈을 업어라."

"알았어."

거대한 덩치의 사내는 흑웅이라 불리는 듯했다. 그는 마치 복면인의 수하라도 되는 양 고분고분했다.

장영과 싸웠던 그는 흑웅이 장영을 짐짝처럼 등에 업자 복면인이 남궁가휘와 적환 등을 향해 말했다.

"그대들의 몸에 아직 투기가 남아 있군. 하나, 죽이진 않겠다. 쓰레기들과 드잡이질하고 싶지는 않으니까. 하지만 쫓아온다면 용서하지 않겠다. 흑웅, 가자!"

한껏 일행을 비웃은 그는 장영을 업은 흑웅과 함께 몸을 날렸다.

그들의 기세는 이미 사라졌지만 아무도 움직이지 못했다.

그렇게… 무림에 위명을 울리던 전귀 장영은 사라졌다.

안녕하세요, 무림이입니다. 이렇게 작품 설명이 아닌 제 이야기를 쓰는 것은 처음이네요. 사실은 첫 권을 쓸 때 정말 해보고 싶었던 건데. 큭큭.

전귀를 쓰면서 매번 아쉬운 점이 많았습니다.

그다지 인기가 있는 것도 아니고, 쓰면서도 정말 한심하기 짝이 없어 보이는 글의 느낌에 좌절도 많이 했는데 말이죠. 결국 한 편의 이야기를 끝내게 되었네요.

청어람에서 보내주신 출판본을 받아 몇 번이고 읽으면서 정말 제자신이 얼마나 한심하고 부끄럽게 여겨지던지 미흡한 글을 읽어가시느라고 독자 분들이 더 고생이 많으셨습니다.

책 표지에 완결이라고 쓰여졌는데 책을 읽으시고는 '어? 이게 끝이야?' 라고 생각하신 분들 많으시죠? 사실 원래의 이야기는 이것보다 더 큰 이야기였죠. 처음에 줄거리를 잡을 때만 해도 10권 정도의 이야기를 생각하고 써내려 간 책인데 줄이고 줄이다 보니 개연성 면에서 상당히 많은 부분이 떨어져 나가게 된 것이죠.

언젠가 어떤 분이 인터넷에 써주신 비판을 읽어본 적이 있습
니다.

'마치 신인 배우가 연기하는 듯한 느낌이다' 라고 냉철한 비판
을 남겨주셨더군요.

그걸 보면서 많이 반성했습니다. 본인이 또 소심한 성격이다
보니 나름 오랫동안 어떻게 하면 물 오른 연기파 배우가 될 수 있
을까 하면서 고민도 했구요.

일단 무림편 이야기는 끝이 났습니다. 만약에 전귀를 다시 쓰
게 된다면 전귀 2라는 제목으로 광수혈족을 찾아가게 된 장영의
이야기가 되지 않을까 싶습니다.

그동안 전귀를 사랑해 주셨던 분들 감사하구요.

좀 더 공부하고 좀 더 노력해서 더욱 재미있는 무협을 써서 찾
아뵙도록 하겠습니다.

어색함이 가득한 연기가 아니라 좀 더 발전한 연기로 상상력
을 충족시켜 드리겠습니다.

아쉬움이 많은 글이지만 글을 쓰는 것에 대해 많이 배우게 해
준 글입니다.
　매일 오타에, 문장의 의미도 안 맞는 글을 수정해 주시느라 고
생하신 청어람의 편집자님들과 마감을 맞추느라 항상 전화 독촉
을 하시면서도 웃음 지어주신 문정흠 담당님, 그리고 전귀를 처
음 발견해서 출판을 권유해 주신 기획실장님(?) 맞나? 모두 감사
합니다.

글쓴이:장진영

wlsdud7020@paran.com

　ps:참, 문피아에서 처음 제 글을 읽어주셨던 쓰다방이란 아이디를 가진 선배 작가 분이 계셨는데요. 감사합니다. 나중에 제가 좀 더 좋은 글을 쓰게 되면 꼭 찾아뵈서 술 한잔했으면 좋겠습니다. ^^

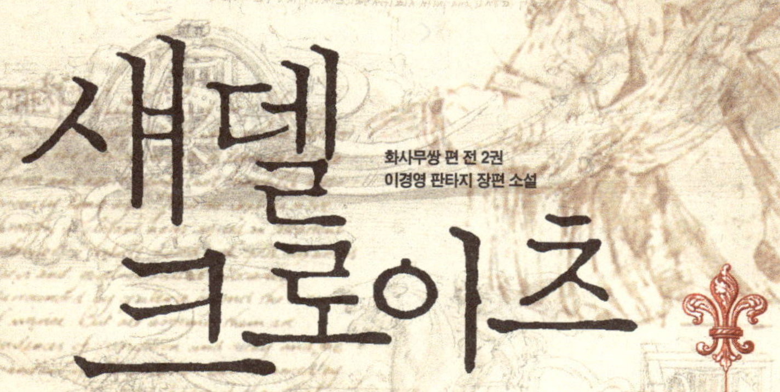

샤델 크로이츠

화사무쌍 편 전 2권
이경영 판타지 장편 소설

『가즈나이트』의 명성과 신화를 넘어설
이경영의 판타지의 새로운 상상력!

자신만의 독특한 세계관을 창조한 작가
이경영의 새로운 도전과 신선한 충격.

바란투로스의 특수부대 샤델 크로이츠의 리더 파렌 콘스탄.
야만족을 돕는 안개술사를 물리치기 위해 아시엔 대륙에서 온
불을 뿜는 요괴 소녀 카샤.
너무나 다른 두 사람이 운명의 길에서 만나다.
친구란 이름으로 시작된 모험, 그 앞에 놓인 난관과 운명의 끈은
어떻게 될 것인지……

"질투가 날 만도 하지.
요괴가 산신령을 엄마로 두는 건 흔한 일이 아니거든.
괜찮다, 파렌. 본좌가 아는 요괴들 전부 본좌를 질투하고 부러워하니까."
소녀는 손에 잔뜩 받은 빗물을 홀짝 마셨다.
파렌은 그 순수함에 웃음을 흘렸다.
그는 지금까지 자신이 봤던 그녀의 기이한 행동들을 어렴풋이나마 이해할 수 있을 것 같았다.
그렇게 친구가 된 둘은 그 길로 긴 여행을 떠나게 된다.

-본문 중에-

세상을 보는 또 하나의 창 - inthebook.net
유행이 아닌 자유추구 - chungeoram.net

Book Publishing CHUNGEORAM

학교에서는 가르쳐주지 않는

10대들을 위한 인생수업

작가 : 이빙 | 역자 : 김락준

10대들을 위한 나침반 같은 인생 교과서!
사회 초입에 들어서게 될 청소년들에게 들려주는
100가지 인생 이야기

내 인생의 방향잡기!
여행길에 오르기 전에 접해보자!

100가지 이야기, 100가지 명언

사람은 태어나면서부터 각기 다른 모습으로, 각기 다른 사고로 "인생" 이라는
여행길에 오르게 된다. 내가 지금 서 있는 이 위치에서 그리고 사회라는 공간에서
한 사람의 몫을 당당하게 해낼 수 있는 역량을 키워나가기 위해서는 어떠한 생각을
가지고 있어야 하는 걸까.

늦지 않게 준비하자! 스스로의 마음가짐이 자신의 미래를 결정한다!

설레는 마음으로 떠난 길일지라도 기존에 생각하고 있던 것과는 다르게 흘러가는
사회의 모습에 당혹스럽기도 할 것이다.

그러한 곳에 발을 들여놓기 위해 첫 발걸음을 막 뗀 청소년이라면 학교에서는
미처 배우지 못한 상황에 더욱이 큰 혼란스러움을 느낄 수밖에 없다.
시간이 흐를수록 사회가 한 인간에게 요구하는 것은 다양하고 세밀해지고 있다.
그러한 사회 속에서 자신만이 앞으로 나아가지 못해 제자리걸음을 하게 된다면 어떠할까.
미리 대비를 하지 않는다면 당신 역시 그러한 현상에 빠지는 또 한 명의 사람이 되고 말 것이다.

책장을 넘기는 순간, 책과 당신의 공감대가 형성된다!

적응을 위해 도움이 될 만한
인생의 지혜와 경험, 깨달음이 한가득 담겨있다.
그 속에 담긴 100가지 이야기 그리고 그와 관련된 100가지의 명언은
가슴 깊이 새겨 놓고 되뇌여 보기에 충분하다.

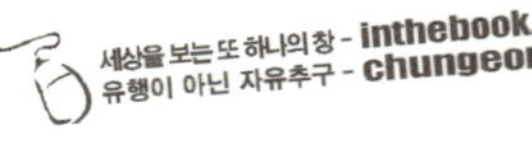

Book Publishing CHUNGEORAM

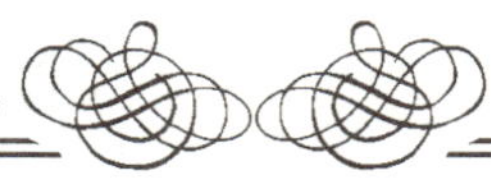

Rhapsody Of Cardinal

카디날 랩소디

송현우 판타지 장편 소설

놀라운 경험(the enormous experience)!
He created a completely new world.
It is a place who have never known and where never been able to imagine.
This splendid world will introduce the enormous experience for the
person only who reads.
그 누구에게도 알려진 것이 없으며 상상조차 할 수 없었던 새로운 세계를
작가는 완벽하게 창조해내었다.
이 멋진 세계는 독자들만이 체험할 수 있는 놀라운 경험으로 인도할 것이다.

판타지는 허구다? 아니다. 판타지는 일상이다.
우리의 삶은 연속된 판타지의 연장선상에 놓여 있고,
상상은 우리의 일상을 더욱 살찌운다.
『카디날 랩소디(Rhapsody of Cardinal)』를 경험하는 독자들은
더욱 풍부한 일상 속에서 새로운 삶을 경험할 것이다.
멋진 만남! 흥미로운 경험! 이것이 『카디날 랩소디』가 가진 장점이며,
작가 송현우가 독자들에게 바라는 꿈이다.

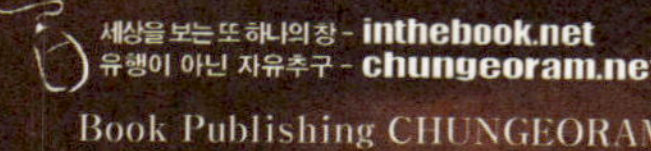

Book Publishing CHUNGEORAM